第五の山

パウロ・コエーリョ
山川紘矢＋山川亜希子＝訳

角川文庫
12022

Translated by
Kouya Yamakawa and Akiko Yamakawa

第五の山

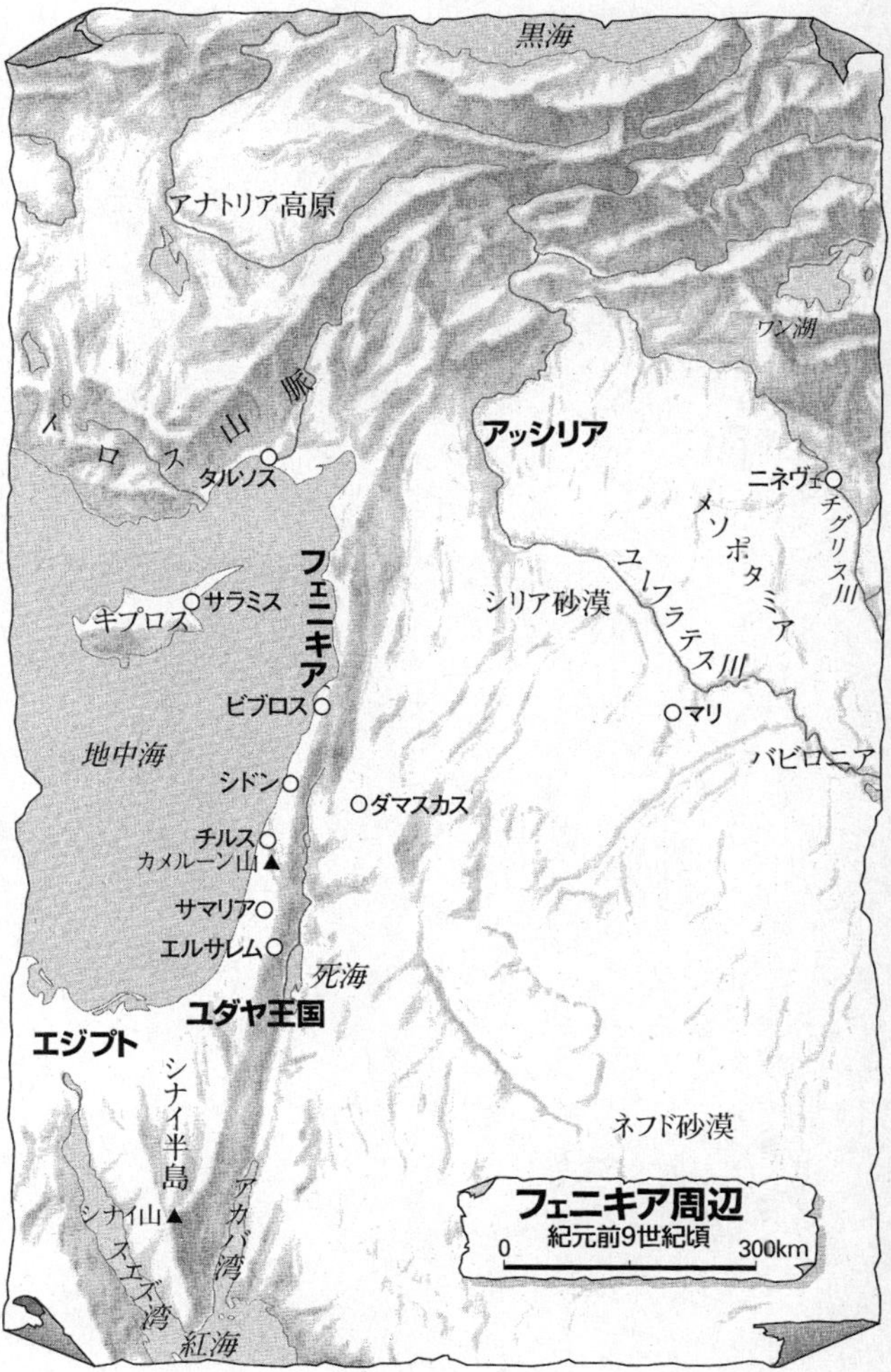

黒海
アナトリア高原
ワン湖
タウロス山脈
アッシリア
タルソス
ニネヴェ
メソポタミア
チグリス川
ユーフラテス川
フェニキア
シリア砂漠
サラミス
キプロス
ビブロス
マリ
地中海
バビロニア
シドン
ダマスカス
チルス
カメルーン山
サマリア
エルサレム
死海
ユダヤ王国
エジプト
シナイ半島
ネフド砂漠
アカバ湾
シナイ山
スエズ湾
紅海
フェニキア周辺
紀元前9世紀頃
0
300km

序

それからイエスは言われた。「よく言っておく。預言者は、自分の郷里では歓迎されないものである。よく聞いておきなさい。エリヤの時代に、三年六ヵ月にわたって天が閉じ、イスラエル全土に大ききんがあった際、そこには多くのやもめがいたのに、エリヤはそのうちのだれにもつかわされないで、ただシドンのザレパテにいるひとりのやもめにだけつかわされた」

ルカによる福音書　四章二十四節―二十六節

作者のことば

私の著書、『アルケミスト』の中心テーマは、メルキゼデック王が羊飼いの少年サンチャゴに語った次の言葉に表されています。「おまえが何かをしたいと望む時、宇宙全体が協力して、それを実現するために助けてくれるのだよ」

私はこの言葉を、心の底から信じています。しかし、自分自身の運命を生きるという行為は、私たちの理解をはるかに越えた数々の出来事を含んでいます。こうした出来事は、私たちを自分の真の物語の道へと引き戻し、また自分の運命を達成するために必要なレッスンを学ばせるために、起るのです。わかりやすく説明するために、私の人生に起った一つのエピソードをお話ししましょう。

一九七九年八月十二日のことです。私は一つの確信を持って眠りにつきました。三十歳にして、私はレコード会社の役員として、トップを目指していました。ブラジルCBSの重役であった私は、会社の株主たちと打合せをするためにアメリカへ招かれていました。そして、私がやりたいと思っていることを行うチャンスを、株主たちが私に与えてくれるのは確実だと思われました。私の大きな夢、つまり、作家になるという夢は、ずっと脇《わき》に押しやられたままでした。でも、それでいい、と私は思いました。なぜなら、実生活は私が夢に描いていたものとは違うものだったからです。ブラジルでは、文学で食べてゆくことは不可能のように思えました。

その晩、私は一つの決心をしました。自分の夢を捨てることにしたのです。私の心が抵抗したならば、好きな時に歌詞を作ったり、新聞に時々、何かを書いたりしてごまかせばいいのです。それに、私の人生は夢とは違うけれど、同じぐらい心躍る道に行くことになったのだと、思い込んでいました。世界中をまたにかける音楽の世界で、輝かしい未来が私を待っていたのでした。

翌朝、目が覚めると、社長から電話がありました。君は今、首になった、と言われました。何の説明もありませんでした。その後二年間、私は方々のドアをたたいてまわりましたが、音楽の分野で職を見つけることは、二度とかないませんでした。

『第五の山』を書き終った時、私はこの時のことや、自分の人生に起ったその他の「不可避な出来事」を思い出しました。自分は完全にうまくいっていると思ったとたん、必ず、何かが起って私を引きずり下ろすのです。私は自問しました。どうしてなのだろう？　ゴールのすぐ近くまで来ながら、絶対にゴールインはできないように、自分は運命づけられているのだろうか？　地平線にやしの木があるのを見せておきながら、砂漠で私を渇き死にさせるほど、神は残酷なのだろうか？

そうではないということがわかるまでには、長い年月が必要でした。私たちを自らの運命の道へと引き戻すために、人生には様々な出来事がもたらされるのです。また、自分が学んだことすべてを応用するために、いろいろな事件が起ります。そして最後に、私たちを教えるために、何かがやって来るのです。

もう一冊の私の本、『星の巡礼』では、こうした教えは痛みや苦しみを伴う必要はなく、ただ、自律心と集中力があれば十分であるということを、伝えようとしています。この学びは私の人生で、とても大切で有難いものとなりました。しかし、全身を自律心と集中力にしてもまだ、苦しい困難な時を体験せずに通りすぎることはできずにいます。

さきほどのエピソードは、その良い例だと思います。当時、私はまじめな専門家として、自分の内にある最高のものを与えるために、あらゆる努力をし、今日でさえも貴重だと思えるようなすばらしいアイディアを持っていました。それなのに、不可避の出来事が、最も安定し、最も自信に満ちていた、まさにその時に起りました。こうした体験を持っているのは、私一人だけではないと思います。不可避の出来事は、地球上のすべての人々の人生に、起っているのです。ある人は立ち直り、ある人は諦《あきら》めてしまいます。しかし誰でも、私たちを逆なでするような悲劇の翼を感じたことがあるはずです。

それはなぜでしょうか？　この問いに答えるために、アクバルの昼と夜の中を、エリヤに導かれてゆくことにしましょう。

プロローグ

紀元前八七〇年の初め、イスラエル人がレバノンと呼んでいた国、フェニキアでは、三世紀近く、平和な時代が続いていた。住民は自分たちが成しとげたことに誇りを持っていた。政治的に強力ではなかったために、戦争が絶えることのない世界で生き延びる唯一の手段として、彼らはたぐいまれなる交渉能力を発達させたのだった。紀元前一〇〇〇年頃にイスラエルのソロモン王との間に結んだ同盟関係は、商船隊の近代化と貿易の拡大を可能にした。その時以来、フェニキアは発展の一途を辿《たど》っていた。

船乗りたちは遠くスペインから大西洋まで旅した。さらに、まだ確証はないとはいえ、ブラジル北東部から南部にも、彼らの痕跡《こんせき》が残っているという説もある。彼らはガラス、杉材、武器、鉄、象牙《ぞうげ》を運んだ。シドン、ツロ、ビブロスなどの大都会の住民は、数学、天文学、ワイン醸造などに詳しく、二百年間にわたって、ギリシャ人がアルファベットと呼んでいた文字を用いていた。

紀元前八七〇年の初め、はるか遠くのニネヴェと呼ばれる地で、軍事会議が開かれていた。アッシリアの将軍のグループが、地中海沿岸諸国を占領するために、軍隊を派遣することを決定したのだった。そして、最初に侵略する国として、フェニキアが選ばれた。

同じ紀元前八七〇年の初め、二人の男がイスラエルのギレアデにある馬小屋に隠れていた。

彼らはあと二、三時間のうちに、死ぬことになっていた。

第一部

「私はずっと神にお仕えしてきましたが、今、神は私を見捨てて敵の手に渡そうとしています」とエリヤは言った。

「神は神だ」とレビ人は答えた。「神はモーゼに、自らが善であるか、悪であるか、教えなかった。ただ、私は私である、とだけ言った。神は日の下にあるすべてのものなのだ——家を破壊する稲妻であり、それを建て直す人の手でもある」

話すことだけが恐怖を避ける唯一の方法だった。すぐにでも、二人が隠れている馬小屋の戸を兵士が開け、二人を発見して二者択一を迫るだろう。フェニキアの神であるバアルの神を敬うか、それとも処刑されるかのどちらかなのだ。兵士たちはしらみ潰《つぶ》しに家々を捜索しては、預言者を改宗させるかさもなくば、処刑するかしていた。

多分、このレビ人は改宗して死を逃れるだろう。しかし、エリヤには選択の余地はなかった。彼自身のせいで、すべては起ったのだった。そしてイゼベルは、何としても彼の首を欲していた。

「バアル神を崇拝している間は、イスラエルに雨は降らないであろうとアハブ王に警告するようにと私に命じたのは、主の天使でした」とエリヤは言った。それは、天使の言葉を聞いてしまったことに対して、許しを乞《こ》うているかのように聞こえた。「しかし、神はすぐには動いては下さいません。干ばつが始まる頃には、イゼベル王女は主に忠誠を誓う人々をみな殺しにしてしまうでしょう」

レビ人は何も言わなかった。彼はバアルに改宗すべきか、それとも主の名において死ぬべきか、考えていた。

「神とは誰なのですか？」とエリヤは聞いた。「祖先の信仰を捨てようとはしない者たちを殺す剣を持つ者たちが、神なのですか？　外国の王女をこの国の王妃にすえ、あらゆる不幸が我々に降りかかるようにした者も、神なのでしょうか？　神は、モーゼの法に従う忠実な者や罪のない者を殺すのですか？」

レビ人は決心した。彼は死を選ぶことに決めた。すると彼は笑い出した。なぜなら、もはや死ぬという思いがこわくなくなったからだった。彼はそばにいる若い預言者を振り返ると、彼を落ち着かせようとした。

「神の決められたことを疑っているのならば、神にたずねてみなさい」と彼は言った。「私は自分の運命を受け入れることにした」

「主は、情け容赦なく我々が虐殺されるのを、望んでいるはずがありません」とエリヤは主張した。

「神は全能なのだ。我々が善きことと呼んでいることしか行わないと、神が自らに枷《かせ》をはめたならば、我々は神を全能の存在であると呼ぶことはできない。もしそうならば、神はこの宇宙のほんの一部を支配しているにすぎず、神の行動を監視し判断している神よりももっと強力な存在があるはずだからだ」

「もし、神が全能であるならば、なぜ、神を愛する人々の苦しみを取り除こうとしないのですか？　なぜ、彼らを助けずに、神の敵に力と栄光を与えるのですか？」

「私にはわからない」とレビ人は言った。「しかし、理由はある。そして、私はそれを早く知りたいと思っている」

「あなたはこの疑問に、答えられないのですね」

「そうだ」

二人の男は黙りこんだ。エリヤは冷たい汗を感じた。

「お前はおそれている。しかし、私はすでに自分の運命を受け入れた」とレビ人は言った。「私は外に出て行って、この苦しみを終りにする。外の悲鳴を耳にするたびに、自分の番が来た時のことを思って、私は苦しんでいる。ここに閉じ込められてから、もう百回も死んでいる。死ぬのは一度だけでいい。打首にされるのであれば、できるだけ早くやってもらいたいのだ」

レビ人は正しかった。エリヤも同じ悲鳴を聞き、耐えられないほどに苦しんでいた。

「私も一緒に行きます。あと数時間の命のために戦うのはもう疲れました」

彼は立ち上って馬小屋の戸を開いた。太陽の光が射し込んで、そこに隠れていた二人の姿を露《あら》わにした。

◆

レビ人が彼の腕を取った。そして二人は歩き出した。悲鳴さえ聞こえなければ、それは他のどの町の一日とも、まったく変りがないように見えた。太陽は肌をさし、遠くの海から吹いてくるそよ風が暑さをやわらげ、道はほこりっぽく、家々は粘土とわらで建てられていた。

「我々の魂は死の恐怖に囚《とら》われているのに、今日はこんなにも美しい」とレビ人が言った。「これまで何度となく、神とこの世に平和を感じていた時、気温はおそろしく高く、砂漠の風で目は砂だらけになり、鼻の先さえ見えないほどだった。神の計画はいつも我々や、我々が感じていることと合致するわけではない。しかし、神がそのすべてに対して、理由を持っていることは確かだ」

「私はあなたの信仰を尊敬します」

レビ人は、少し思いをめぐらすかのように、空を見上げた。そして、エリヤを見た。

「尊敬してはいけない。そして、そんなに信じてもいけない。これは私の自分自身との賭《か》けなのだ。私は神が存在する方に、賭けたのだ」

「あなたは預言者です」とエリヤが答えた。「あなたも声を聞き、この世の向うの世界があることを知っています」

「それは私の想像かもしれない」

「あなたは神の徴《しるし》を見たのです」とエリヤは言い張った。彼は連れの言葉に不安を感じ始めていた。

「それは私の想像かもしれない」とレビ人はもう一度、答えた。「実のところ、唯一、私が確かに言えることは、私が賭けているということだけなのだ。私は自分に、すべては最も高きものより来ていると、言い聞かせているのだ」

◆

道には人影はなかった。家の中で、人々はアハブの軍隊が外国の王女が命じた仕事を終えるのを、じっと待っていた。その仕事とは、イスラエルの預言者を処刑することだった。エリヤはレビ人のかたわらを歩いていた。戸や窓の内側から、誰かがのぞき見ては、この事件を引き起した自分を責めているような気がした。

「自分は預言者になりたくてなったわけではない。きっと、すべては私の想像の産物にすぎないのだろう」とエリヤは思った。

しかし、指物師の仕事場での出来事があってからは、そうではないということを、彼は知っていた。

◆

子供の頃から、彼は声を聞き、天使と話をしていた。彼の両親は、ある日、彼を一人の祭司のもとに連れて行った。彼に多くの質問をしたあと、その祭司はエリヤがナビ、すなわち、「神の言葉と共にある者」、「魂の人」である預言者だと認めた。

何時間かエリヤと話し合ったあと、祭司は両親に、この少年が口にするいかなる言葉も、真実とみなされるべきであると告げた。

三人がそこを辞した時、両親はエリヤに、彼が見たり聞いたりしたことについて、一切誰にも話してはならないと命じた。預言者であるということは政府と関わりを持つことを意味し、それは常に危険なことであったからだった。

どちらにしろ、エリヤは祭司や国王の関心を引くような事は、何一つ聞かされてはいなかった。彼はただ、自分の守護天使と話をし、自分の人生に関する忠告をもらうだけだった。しかし、時には理解のできないビジョンを見ることもあった。遠くの海、奇妙な生き物が棲《す》んでいる山、翼と目のある車輪などのビジョンだった。そうしたビジョンが現れるやいなや、両親に従順な彼は、できる限りすぐにそれを忘れてしまおうとした。

そのせいか、声もビジョンも次第に現れなくなっていった。両親は喜び、二度と再び、この話題を口にしなかった。彼が自活すべき年齢に達すると、彼らは息子に小さな指物工房を開くための資金を貸した。

◆

よく、彼はギレアデの通りを歩いてゆく預言者たちを、尊敬のまなざしで見つめたものだった。彼らは皮のマントになめし皮の帯をつけ、「選ばれし民を導く者として、主は我を選び給うた」と主張した。確かに、そのようなことは、彼の使命ではなかった。「神の声によって高められた者」の間では、踊ったり自らをむちで打ったりしてトランス状態になることがあたりまえのように行われていたが、そんな痛そうなことはおそろしくて、彼にはとてもできなかった。それに、恥かしがり屋だったので、こうしたことによるけがの傷あとを見せびらかしながら、ギレアデの町を歩くような真似も、とてもできはしなかった。

エリヤは自分は普通の人だと思っていた。他の人と同じ服装をし、素朴な人々と同じ恐れと迷いを持ち、自分の心だけを苦しめているただの普通の人だった。指物師として働いているうちに、声は完全に止んでしまった。大人や職人には、そんな事をする暇がなかったからだった。彼の父も母も、そんな息子を喜んでいた。そして、人生は調和と平穏のうちにすぎていった。

子供の頃に交した祭司との会話も、単なる昔むかしの思い出となった。エリヤには、全能の神が命令に従わせるために、人間と話をしなければならないとは、どうしても思えなかった。子供の時に起ったことは、単なる少年の幻想にすぎなかったのだ。生まれ故郷のギレアデには、住民から頭がおかしいと思われている人々がいた。彼らは筋の通った話ができず、神の声と狂気からくる妄想の区別がつかなかった。そして、世界の終末を説き、人々の憐《あわれ》みにすがって道端で人生を送っていた。祭司たちは、彼らを「神の声によって高められた者」とは考えていなかった。

エリヤは、祭司には彼らの言う事がわかりはしないのだと、結論を出した。「神の声によって高められた者」とは、ゆく末のわからない国、兄と弟が戦い、次から次へと新しい政府が出現しているこの国の産物だった。預言者も狂人も、同じ一つのものだった。

国王とツロの王女、イゼベルとの結婚を知った時、エリヤは大した意味はないことだと思っていた。イスラエルの他の王たちも、同じことをしてきたが、その結果、この地方に永続的な平和がもたらされ、レバノンとの貿易がさらに重要になっていった。隣国の人々が実在しない神々を信じようと、動物や山を崇拝するといった奇妙な宗教的風習に身を捧《ささ》げようと、エリヤはまったく気にも留めなかった。彼らは貿易の商談では正直でうそをつかなかった。そして、それこそが一番大切なことだった。

エリヤはそれからも、彼らが売りに来る杉材を買い、自分の工房で作った製品を彼らに売り続けていた。彼らはいく分、横柄で、肌の色の違いから自分たちを「フェニキア人」と称するのが好きだったが、レバノンの商人たちは誰一人、イスラエルの混乱につけ込んで得をしようとはしなかった。製品には適正な代価を支払い、イスラエルの人々が直面している内乱や政治的混乱については、何一つ口をはさまなかった。

◆

イゼベルは王妃として即位すると、アハブ王に対して、主の信仰をレバノンの神々への信仰に変えるように迫った。

これもまた、以前にあったことだった。アハブの盲従に怒りはしたものの、エリヤはイスラエルの神を信仰し、モーゼの法を守り続けた。「これもいつかは終る」と彼は考えていた。「イゼベルはアハブを誘惑したが、この国の民を説得することはできないだろう」

しかし、イゼベルは他の女性とは違った。彼女は、人々や国々を改宗させるために、バアル神が自分をこの世に送ってきたと、信じていた。そして、抜け目なく、しかも辛抱強く、主を捨て、新しい神々を受け入れた人々に、褒美を与え始めた。アハブはサマリヤにバアルのための神殿建設の命を下し、その中に祭壇を設けた。巡礼が始まり、レバノンの神々への信仰は、全国に広まっていった。「いつか終るだろう。何十年かかかるかもしれないが、いつかは終るだろう」と、エリヤはずっと思っていた。

◆

しかし、予想もしていなかったことが起った。ある日の午後、店でテーブルを仕上げていると、彼のまわりのものすべてが暗くなった。何千という小さな光が彼のまわりで輝き始め、今までにないほど、頭が痛くなった。腰を下ろそうとしたが、筋肉一つ、動かすことができなかった。

これは妄想ではなかった。

「私は死ぬのだ」その一瞬、エリヤはそう思った。「そして、神が死後、我々をどこへ送られるのか見きわめよう。大空の中心へ行くのだ」

一つの光が輝きを増し、突然、あらゆるところから一度に、声が聞こえた。

主の言葉がエリヤに下った。「アハブに告げよ。お前が仕えるイスラエルの神は生きている。私の言葉が守られない間は、雨も露も一滴の水も降らないであろうと」

次の瞬間、すべてはもとに戻った。店も、午後の光も、通りで遊ぶ子供の声も、もとのままだった。

◆

エリヤはその晩、眠れなかった。この何年かで初めて、子供時代の感覚が彼に戻って来たのだった。しかも、語りかけてきたのは彼の守護天使ではなく、もっと巨大で強力な何物かだった。もし、命じられたことを実行しなかったならば、商売がうまくゆかなくなるのではないかと、彼は恐れた。

朝までに、彼は言われたとおりにする決心を固めていた。結局、自分には関係のない事を伝える役目を仰せつかっただけなのだ。任務が終れば、あの声が戻って来て自分をわずらわすことも、もうないだろう。

アハブ王に謁見するのは難しくはなかった。何世代も前、ソロモン王の即位と同時に、預言者は通商や政府の中で、重要な役割をになうようになっていた。彼らは結婚し、子供を持つことはできたが、支配者が正しい道からはずれないように、常に主のために働ける状態にいる必要があった。こうした「神の声によって高められた者」のおかげで、多くの戦いに勝つことができた、と言われていた。そして、イスラエルが生き延びたのは、支配者が正しい道からはずれた時、いつも彼らを主のもとへ引き戻す預言者がいたからだと、考えられていた。

エリヤは王宮に着くと、国王に、フェニキアの神々を信仰するのをやめるまでは、この地方を干ばつが襲うであろうと告げた。

国王は、この言葉にまったく注意を向けなかった。しかし、アハブのそばにいて、エリヤの言うことを注意深く聞いていたイゼベルが、そのメッセージについて、次々と問いただし始めた。エリヤは彼女に、ビジョンのこと、頭痛のこと、天使の言葉を聞いていた時、時間が止まっていたことなどを話した。何が起ったか話している間、エリヤは人々が噂《うわさ》をしていた王妃を間近で観察することができた。彼女は、それまで彼が出会った最も美しい女性の一人だった。その長い黒髪は、完璧《かんぺき》な曲線を描く腰のあたりまで垂れていた。浅黒い顔の中で輝いているその緑色の目は、エリヤの目をじっと見つめたままだった。彼はそれが何を意味するのかわからなかった。また、自分の言葉が引き起すであろう衝撃の大きさを、知るよしもなかった。

エリヤは、自分の使命を果してから、また自分の仕事場に戻れるものと確信して、王宮を出た。帰る途中で、彼は二十三歳の情熱のすべてをかけて、イゼベルを欲しいと思った。そして神に、いつか将来、レバノンの女性を我がものにできるようにと、祈った。なぜなら、浅黒い肌と神秘にみちた緑色の目を持つ彼女たちは、とても美しかったからだった。

◆

エリヤはその日ずっと仕事をし、夜は安らかに眠った。次の朝、夜が明ける前に、彼はレビ人に起された。預言者はイスラエルの発展と拡大にとって脅威であると、イゼベルは国王を説得した。そして、神が与えた聖なる任務を捨てることを拒んだ者はすべて処刑せよ、という命令がアハブの軍隊に下されたのだった。

しかし、エリヤだけには、その選択の権利は与えられていなかった。彼は殺されることになっていた。

彼とレビ人は、ギレアデの南にある馬小屋に二日間、隠れていた。その間に、四百五十人のナビが即決で処刑された。しかし、自分自身をむち打っては、堕落と無信仰ゆえに世界は終末を迎えると説教して廻っていた預言者たちの多くは、新しい宗教に改宗することを受け入れたのだった。

◆

鋭い音とそれに続く悲鳴に、エリヤは物思いから覚めた。はっと、彼は連れの方を見た。

「あれは何？」

答はなかった。レビ人の体は地面に倒れ、一本の矢が彼の胸を貫いていた。

エリヤの目の前で、一人の兵士が弓に矢をつがえていた。彼はまわりを見まわした。通りに面した窓も戸もぴったりと閉じられていた。太陽は空に輝き、何回も話には聞いているがまだ見たことのない大海から、そよ風が吹いていた。逃げようかと思ったが、次の角まで行かないうちに追いつかれてしまうのは、確実だった。

「もし、死ななければならないのであれば、背後から殺されるのはよそう」と彼は思った。

兵士は再び弓をかまえた。不思議なことに、エリヤは恐怖も、生きたいと思う本能も、何もかも、一切、感じなかった。すべてはずっと前から決まっていて、彼も兵士も二人とも、ただ、自分自身で書いたドラマの役を演じているかのようだった。彼は子供の頃のこと、ギレアデの朝や昼、店に置いてきたやりかけの仕事などを思い出した。そして、息子が預言者になることを望まなかった父と母のことを思い、イゼベルの目とアハブ王の笑みを思い浮べた。

彼は、女性の愛を知らないまま、二十三歳で死ぬとは、何と愚かなことだろうか、と思った。

兵士の手が矢を放った。矢は空気を引きさき、彼の右耳のわきをかすめて後方のほこりっぽい地面につきささった。

兵士はまた矢をつがえると、狙《ねら》いを定めた。しかし、矢を放つかわりに、エリヤをじっと見つめた。

「私はアハブ王の軍隊一の弓の名手だ」と彼は言った。「この七年間、一度として、狙いをはずしたことはなかった」

　エリヤはレビ人の体を見やった。

「その矢はお前を狙ったものだ」兵士の弓はぴんと引きしぼられ、その手は震えていた。

「エリヤは必ず殺さねばならぬ唯《ただ》一人の預言者だ。他の者は、バアル神への忠誠を選ぶことができるのに」と彼は言った。

「では、お前の仕事を早く終えるがよい」

　エリヤは自分の冷静さに驚いていた。馬小屋にひそんでいた間、彼は何度も死を想像した。今になって、自分が不必要に苦しんでいたことがわかった。一、二秒ですべてが終ってしまうのだ。

「私にはできない」と兵士は言った。彼の手はまだ震えており、矢は絶えずその方向を変えていた。「行け。私の前から立ち去れ。私の矢をそらせたのは神であり、お前を殺せば、神は私に呪《のろ》いをかけるだろう。私はそう思うからだ」

　死を逃れることができるとわかったその時、死の恐怖が戻ってきた。まだ、大海を見、妻を見つけ、子供を得て、店に残してきた仕事を仕上げる可能性もあるのだ。

「ここで今、やってくれ」とエリヤは言った。「今は、私は冷静だ。もし、お前がぐずぐずしたら、私は自分が失うものについて、また思い苦しむだろう」

兵士はまわりを見まわして、誰もこの場面を目撃していないことを確かめた。それから弓を下ろし、矢を矢筒に入れると、角をまがって消えてしまった。

エリヤは足がなえるのを感じた。激しい恐怖が戻ってきた。すぐに逃げだしてギレアデから消えなければならない。二度と再び、弓に矢をつがえて自分の胸板を狙う兵士と、顔を合わせてはならなかった。彼は自分で運命を選んだわけではなかった。近所の人たちに、国王と話ができたと自慢するために、アハブに会いに行ったわけでもなかった。預言者の大量虐殺にも、あの日の午後、時間が止まって店が沢山の光の点で溢《あふ》れた暗い空間に変ったことにも、責任がなかった。

兵士がしたように、彼は四方を見まわした。通りには人影はなかった。レビ人の命をまだ救えるかどうか、見てみようかと思ったが、あっという間に、再び恐怖に捕えられた。誰も来ないうちに、エリヤは逃げ出した。

エリヤは、ずっと人々が使うことのなかった小道を何時間も歩いて、ケリテの小川の岸辺にたどり着いた。

彼は水を少し飲んだ。卑怯《ひきょう》な自分を恥じてはいたが、生きているのがうれしかった。明日から、自分で何か食べ物を見つけなければならないのだ。そしてやっと、自分が置かれた状況に気づいた。明日から、自分で何か食べ物を見つけなければならないのだ。砂漠で食べ物が見つかるはずもなかった。

それから、自分の店や、仕事をしてきたこの年月、そしてそのすべてを置き去りにせざるを得なかったことなどを思い返した。近所の人々の中には友人もいた。しかし、彼らをあてにすることはできなかった。エリヤが逃げた噂《うわさ》は、すでに町中に広まっていることだろう。そして、信仰心の厚い沢山の人々を殉死へと追いやりながら逃げてしまった彼は、みんなから憎まれているはずだった。

過去に行なったことのすべてが、無駄になってしまった。それもただ、主の意志を実行するように、選ばれたからだった。明日、そしてこれから何日も、何週間も何ヵ月も、レバノンの商人たちが彼の店の戸をたたくたびに、誰かが、店の主人は無実の多くの預言者の死をあとに残して逃亡したと、告げることだろう。そして、エリヤが天と地を守っている神々を破壊しようとしたのだと、つけ加えるだろう。この話はすぐにイスラエルの国境を越えて伝わり、彼はレバノンの乙女たちのように美しい女性と結婚する夢を、永久に諦《あきら》めることになるだろう。

◆

「船がある」

そう、船があった。罪人、戦争の捕虜、難民などでも、普通、船員になることができた。船乗りは軍隊よりも危険な職業だったからだ。戦争では、兵士は必ず、命からがら逃げ出すチャンスがあった。しかし、海は怪物の住む未知の世界だった。そして、一度悲劇が起れば、その物語を語り伝える者が残ることはなかった。

確かに船はあったが、すべてフェニキアの商人が支配していた。エリヤは罪人でも、捕虜でも難民でもなかったが、あえてバアルの神に異を唱えた者だった。エリヤを見つけ出した時、彼らは彼を殺して海に放り込むだろう。なぜならば、船乗りたちは、バアルとその神々が嵐《あらし》を支配していると信じているからだ。

だから、海の方へは行けなかった。北にも行けなかった。そこはレバノンだったからだ。そして、東へも行けなかった。そこでは、イスラエルの一部族が、すでに二十年間も戦争をしていた。

◆

彼は兵士を前にして体験したあの静けさを、もう一度思い出した。結局、死とは何なのだろうか？

死は一瞬であり、それだけなのだ。たとえ、痛みを感じたとしても、それはすぐに過ぎ去って、主が、その胸に彼を抱きとめて下さるだろう。

エリヤは地面に横になり、長いこと、空を見つめていた。あのレビ人のように、賭《か》けてみようとした。神の存在に賭けるのではなかった。それにはまったく疑いを持っていなかった。彼は、自分自身の人生の意味に賭けたのであった。

彼は山を見た。主の天使が告げたように、地は間もなく、長い干ばつに襲われるだろう。しかし今はまだ、何百年もの間の雨が涼しさを残していた。彼はケリテ川を見た。その水は間もなく、流れるのをやめるだろう。彼は情熱と尊敬の念をこめて、この世界に別れを告げ、その時が来たならば、自分を迎え入れるようにと主に願った。

彼は自分の存在の理由について考えたが、何の答も得られなかった。

どこへ行くべきか考えると、自分が敵に取り囲まれていることに気がついた。たとえ死の恐怖に再びさいなまれようと、明日、町へ戻って投降しよう。

彼は、あと数時間は生きているとわかっていることに、喜びを見出そうとした。しかし、それは無駄だった。ただ、人生のほとんどすべての時にそうであるように、人は何かを決める力を持ってはいないということに、気づいただけだった。

◆

次の日、エリヤは目を覚まし、再びケリテ川を見た。

明日、または一年後、その川は細かい砂とすべすべした小石の川床だけになるのだ。昔からの住人はまだこの場所をケリテと呼んでいる。そしておそらく、ここをゆく旅人に、「それはこの近くを流れている川の岸辺にある」と言って、道を教えることだろう。旅人はそこまで行って、丸い小石と細かい砂を見て、「ここは、かつて川だったのだな」と思うことだろう。しかし、川にとって唯一、重要なこと、水の流れはもはやそこにはなく、旅人の渇きをうるおすこともないだろう。

魂もまた、小川や植物のように、別の種類の雨を必要としていた。希望、信仰、生きる理由だ。この雨がやって来ないと、たとえ、肉体は生き続けていても、魂のすべてが死んでしまう。そして人々は、「この体の中に、かつて人がいた」と言うに違いないのだ。

しかし、今はそんなことを考える時ではなかった。またしても、馬小屋を出る直前にレビ人と交した会話を思い出した。もし、一回の死で十分であるならば、多くの死を死ぬことで、何が得られるのだろうか？　彼はただ、イゼベルの兵士を待っていればいいだけだった。彼らは疑いの余地もなくやって来るだろう。なぜならば、ギレアデから逃げてゆく場所はほとんどないからだ。誤ちを犯した者は必ず砂漠へと逃げた。そこで彼らは二、三日のうちに死んで発見されるのだった。さもなければケリテへ逃げて、すぐに捕えられるかだった。だから、兵士はすぐにやって来るだろう。そして、彼らを見て、エリヤはうれしく思うことだろう。

◆

エリヤはわきを流れている澄み切った水を少し飲んだ。そして顔を洗ってから、追手を待つために日陰を探した。人は運命と戦うことはできない。彼はすでにそれを試みて、敗れたのだった。

祭司にお前は預言者だと言われたにもかかわらず、彼は指物師として働くことにした。しかし、主は彼を運命の道へと引き戻したのだった。

主が地球上の一人ひとりのために書かれた人生を捨てた者は、彼だけではなかった。かつて、彼にはすばらしい声を持つ友人がいた。しかし、彼の父も母も、息子を歌手にしたくなかった。歌手という仕事は、一家に不名誉をもたらすものだったからである。子供の頃の遊び友だちだったある女の子は、並ぶ者のないほどの踊り手になれるはずだった。彼女もまた、家族に踊り手になることを禁じられた。踊り手になれば国王に召されるかもしれず、彼の治世がどれほど長く続くか、誰にもわからなかったからだった。その上、宮殿の雰囲気は罪深く敵意にみちており、永久に良い縁談の可能性を失わせるものだと、考えられていた。

「人は、自分の運命を裏切るために生まれる」神は、人間に不可能な任務ばかり、負わせるように思えた。

「なぜなのだろうか?」

おそらく、伝統を維持する必要があるからだろう。

しかし、それはあまり良い答ではなかった。「レバノンの住民は、我々よりも進んでいる。なぜならば、彼らは伝統的な航海術に従わなかったからだ。みんなが同じ種類の船を使っていた時に、彼らは何か違う船を造ることに決めた。多くの人が海で命を落としたが、彼らは船を改良し続け、今では、世界貿易を支配するに至っている。彼らは適応するために高い代価を支払ったが、その代価を払う価値があったことを証明したのだ」

おそらく、人類が自らの運命を裏切るのは、神があまり身近でないからだろう。神はその昔、人々の心にある夢を植えつけた。しかし、その後、神は他の仕事が忙しくなって、どこかへ行ってしまったのだ。その間に、世界は勝手に変ってゆき、人生はますます困難になったが、神は人間の夢を変えるために、戻ってくることはなかった。

神はずっと遠い存在なのだ。でも、神が未《いま》だに預言者に語りかけるために天使を送ってくるのは、まだ、何かなすべきことが残されているからだろう。それは一体、何なのだろうか?

「おそらく、我々の父親たちが誤ちを犯したために、天使は我々が同じ間違いを繰り返すのを恐れているからだろう。または、彼らは誤ちを犯したことがないので、我々が何か問題にぶつかっても、どう助ければよいのか、わからないのだろう」

彼は、谷に近づいているように感じた。川は彼のわきを流れ、二、三羽のカラスが空に円を描き、草木は不毛の砂地で命にしがみついていた。もし、彼らが先祖の言葉に耳をすませたとしたら、何を聞いただろうか？

万一、水の神がいるとしたら、こう言っただろう。

「川よ、お前の澄み切った水が太陽の輝きを反射するために、もっと良い場所を探しなさい。なぜなら、いつか、砂漠がお前を涸《か》らしてしまうから」もし、鳥の神がいたら、こう言ったことだろう。「カラスよ、岩と砂の中よりも、森の中の方が沢山の食べ物があるよ」もし、花の神がいたら、こう言っただろう。「草木よ、お前の種をここからずっと遠い所にまき散らしなさい。世界には、湿り気のある肥沃《ひよく》な土地が沢山あって、お前はそこでもっと美しく生長できるから」

しかし、ケリテ川は、草木や近くの枝にとまっているカラスと同じように、他の川や鳥や花が不可能だと思ったことを実行する勇気を持っていた。

エリヤは、すぐ近くの木の枝で羽を休めている一羽のカラスを、じっと見つめた。

「私はわかりかけている」と彼は鳥に向って言った。「死を宣告された私には、無駄な学びかもしれないが」

「あなたは、すべての物事がいかに単純であるか、わかったのです」とカラスが答えたように思った。「勇気を持つだけで十分なのです」

エリヤは笑った。自分で鳥の口に言葉を与えたからだった。これは愉快な遊びだった。この遊びはパン作りの女から習ったものだった。彼はもっと続けてみることにした。自分で質問をし、あたかも自分が本物の賢者であるかのように、自分で答えるのだ。

しかし、カラスは飛んで行ってしまった。エリヤは、イゼベルの兵士がやって来るのを待った。一度死ぬだけで、十分だった。

◆

その日は何事も起らずにすぎていった。バアル神の第一の敵がまだ生きているということを、彼らは、忘れてしまったのだろうか？　イゼベルは、彼がどこにいるか知っているに違いないのに、なぜあとを追おうとしないのだろうか？

「それは、私が彼女の目を見たからだ。そして、彼女は賢い女だからだ」と彼は自分に言った。「もし、私を殺せば、私は主への殉教者として生き続けることだろう。でも、単なる逃亡者ということになれば、私は自分の言葉にそむいた卑怯《ひきょう》者にすぎなくなるからだ」

そう、それが王妃の策略だった。

◆

夜のとばりが降りようとする頃、カラスが——さっきと、同じカラスなのだろうか——朝と同じ枝にとまった。そして、くちばしにくわえた肉片を、うっかり落してしまった。

エリヤにとって、それはまさに奇跡だった。彼は木の下に走り寄ると、肉のかたまりを拾いあげ、口に入れた。その肉片がどこから来たのか、彼は知りもしなければ、知りたいとも思わなかった。重要なのは、空腹をいくらかでも満たすことができたということだけだった。

急に彼が動いたにもかかわらず、カラスは飛び去りはしなかった。

「このカラスは、ここで私が飢えて死ぬことを知っている」と彼は思った。「あとでもっとおいしいえさにありつくために、彼は自分の獲物を育てているのだ」

イゼベルもまた、エリヤ逃亡の知らせを利用して、バアル信仰を育てていた。

人とカラスは、互いに見つめ合った。エリヤはその日の朝に試みた遊びを思い出した。

「カラスよ、私はお前と話がしたい。今朝、魂は食物を必要とするという考えが浮んだ。私の魂がまだ、飢え死にしないでいるのは、何か言うべきことがあるからだろう」

鳥はじっと動かなかった。

「そして、もし、何か言うべきことがあるのならば、お前は耳を傾けなければならない。なぜなら、私には他に、話しかける相手がいないから」とエリヤは続けた。

想像の中で、エリヤはカラスに変身した。

「神はお前に何を期待しているのか？」自分がカラスになったつもりで、彼は自分自身に問いかけた。

「神は私に、預言者であることを期待している」

「それは、祭司が言ったことだ。神の望むことではないかもしれぬ」

「いや、それが神の望むことなのだ。天使が店にいた私の前に現れて、アハブと話すように頼んだのだ。子供の時に聞いた声が——」

「子供の時は、誰でも声を聞くものだ」とカラスが口をはさんだ。

「でも、みんなが天使を見るわけではない」とエリヤが言った。

今度はカラスは何も答えなかった。しばらくして、鳥の姿をした彼自身の魂は、太陽と砂漠の淋《さび》しさに耐え切れずに、沈黙を破った。

「お前は、パンを焼いていた女のことを覚えているか？」

◆

エリヤは覚えていた。彼女は盆をいくつか作って欲しいと言って、エリヤを訪ねて来た。エリヤが頼まれた仕事をしていると、彼女が、自分の仕事は神の存在を表現する手段なのだ、と言った。

「あなたがお盆を作る様子を見ていると、あなたも私と同じように感じているのがわかります」そして彼女は続けた。「なぜならば、仕事をしながら、あなたはほほ笑んでいますもの」

彼女は人間を二つのグループに分けていた。自分の仕事に喜びを感じる人たちと、自分の仕事に不平ばかり言う人たちだった。後者は、アダムにかけられた神の呪《のろ》いこそが、唯一の真実であると確信していた。「地は汝《なんじ》がために呪われ、汝は一生、悲しみのうちにそこから食物を得るであろう」彼らは仕事に喜びを見出さず、祝日には、休まねばならないと言って怒る。そして主の言葉を自分の空虚な人生の言い訳に利用して、主がモーゼに「主は、神が汝らに与え給うた地で、汝らを大いに祝福するであろう」と告げたことを、すっかり忘れている。

「そう、あの女のことはよく覚えている。彼女は正しかった。私は店の仕事を楽しんでいた。

そして彼女は、物に向って話しかけることを私に教えてくれた」

「もし、指物師でなかったならば、お前は魂を自分の外に置くことも、カラスが話しているような振りをすることも、自分で思っているよりも自分は善い人間であり、賢い人間であることを知ることも、できなかっただろう」と、返事はすぐに返ってきた。「なぜならば、お前はあの仕事場で、すべての物の中にある聖なるものを発見したからだ」

「私はいつだって、自分が作った机やいすに話しかけるのが好きだった。それで十分ではないか？　そして、机やいすに話しかけていると、それまで浮んだことのない考えを発見したものだった。私が自分の魂のよりすぐれた部分を仕事に注ぎ込み、答えているのはその部分だからなのだと、あの女が教えてくれた。

でも、そのやり方で神に仕えることが可能だとわかりかけた時に、天使が現れた。そしてあとはお前も知ってのとおりになった」

「お前に用意ができたので、天使が現れたのだ」とカラスが答えた。

「私は優秀な指物師だった」

「それはお前の修業の一部だったのだ。人は自分の運命に向って旅する時、しばしば、道を変えざるを得なくなる。または、彼の周囲の力が強すぎて、勇気が挫《くじ》けてゆずらざるを得なくなることもある。それはすべて、修業の一部なのだ」

エリヤは自分の魂の言葉に、一心に耳を傾けていた。

「しかし、世界や他人が自分より強く思える時でも、人は自分が望むものを見失うことはない。秘密はこれだ。降伏してはいけないということだ」

「私は自分が預言者であるなどと、思ったこともなかった」とエリヤは言った。

「いや、お前は思っていた。しかし、それは不可能だと思い込んでいたのだ。もしくは、それは危険な道だと。または、考えられないことだと」

エリヤは立ち上った。

「なぜお前は、私が聞きたくないことを私に言うのだ？」

その時、鳥は驚いて飛び去っていった。

◆

次の日の朝、その鳥はまた戻って来た。対話を再び始めるかわりに、エリヤはそのカラスを観察し始めた。カラスは必ずえさを見つけ、しかも、その残りを彼に持ってきてくれたからであった。

一人と一羽の間に、不思議な友情が芽生えた。そして、エリヤは鳥から学び始めた。砂漠でカラスが食べる物を見つけてくるのを見て、そのやり方を学べば、自分もあと数日は生き延びられると知ったのだった。カラスが円を描いて飛び始めると、獲物が近くにいるサインだった。彼はその場所に走って行って、獲物を捕えようとした。最初は砂漠に住む小動物に何回も逃げられたが、次第に機敏になり、捕え方も上手になっていった。彼は木の枝を槍《やり》のかわりに使い、落し穴を掘って小枝と砂でそれを隠した。獲物がわなにかかると、エリヤはそれをカラスと分け合い、そのいくらかを次の狩のえさとして、取っておいた。

しかし、一人きりでいる淋しさは耐え難かった。そこで彼はまた、カラスと話すことにした。

「お前は誰なのだ？」とカラスがたずねた。

「私は平和を発見した者だ」とエリヤは答えた。「私は砂漠で生き、自分で食べ物を探し、神の創造の限りない美しさを味わうことができる。そして、自分の中に、今まで思ったよりもずっとすばらしい魂が住んでいることを発見した」

彼らはもう一回月がめぐる間、一緒に狩を続けた。それから、彼の魂が悲しみに捕えられたある晩、彼は再び自分にたずねた。

「お前は誰なのだ?」

「わからない」

◆

もう一度、月が死に、再び空によみがえった。エリヤは自分の体が以前より丈夫になり、心が澄んでいるのを感じた。その晩、彼は、いつものように木の枝にとまっているカラスを見て、数日前に自問した問いに答えた。

「私は預言者だ。仕事をしていた時に天使を見た。そして、世界中が反対しようとも、自分にできる事を疑うことはできない。私は、国王が最も心を寄せている女性に挑戦し、国中に大虐殺をもたらし、今は砂漠にいる。その前は仕事場にいたように。それは、私の魂が、人が自らの運命を果すには、数々の段階を通り抜けなければならないと、教えたからだ」

「そうだ。そして今、お前は自分が誰であるかを知った」とカラスが口をはさんだ。

その晩、エリヤが狩から戻った時、彼はケリテ川が干上っているのを発見した。しかし余りに疲れていたので、そのまま寝ることにした。

夢の中で、長い間、姿を見せなかった守護天使が、彼の前に現れた。

「主の天使があなたの魂に話しかけたのです」と守護天使は言った。「そして命じたのです。ここを去って東におもむき、ヨルダンの東にあるケリテ川のほとりに身を隠すがよい。その川の水を飲むがよい。わたしはカラスに命じて、お前を養わせようと」

「私の魂は聞きました」夢の中でエリヤは答えていた。

「では、目覚めなさい。主の天使が私に立ち去るように命ぜられました。あなたに直接、話をしたいとのことです」

エリヤはびっくりして飛び起きた。何が起ったのだろうか？

夜中だったのに、その場所は光に満ちていた。主の天使が現れた。

「何がお前をここに連れて来たのか？」と天使がたずねた。

「あなたが私をここへ連れて来られたのです」

「ちがう。イゼベルとその兵士たちが、お前を逃げ出させたのだ。お前はこのことを決して忘れてはならない。なぜならば、お前の使命は、主の仇《あだ》を討つことだからだ」

「私は預言者です。あなたが私の前に現れ、私はあなたの声を聞いたからです」とエリヤは言った。「私はすべての者と同じように、何回も道を変えました。しかし、私はサマリヤへ行き、イゼベルを滅ぼす用意ができています」

「お前はお前の道を見つけた。しかし、新しいものを建設することを学ぶまでは、破壊してはならない。私はお前に命ずる。

立ってシドンに属するザレパテに行き、そこに住みなさい。わたしはそこのやもめ女に命じて、お前を養わせよう」

次の朝、エリヤは別れを告げるために、カラスを探した。しかし、鳥は、彼がケリテ川のほとりにやって来てから初めて、姿を現さなかった。

エリヤは何日も旅した後、ザレパテの町のある谷間にたどり着いた。その町を住民はアクバルと呼んでいた。力も尽き果てかけた時、エリヤは黒い服を着てたき木を集めている女に出会った。その谷間にはまばらにしか木がなく、彼女は小さな乾いた小枝で満足しなければならなかった。

「あなたは誰ですか？」と彼はたずねた。

女はその異邦人の方を見たが、彼が何を言ったのか、わからない様子だった。

「私に飲み水を下さい」とエリヤは言った。「それと、パンを一切れ、下さい」

女はたき木を脇《わき》に置いたが、やはり何も言わなかった。

「こわがらないで下さい」とエリヤはさらに言った。「私は一人きりです。腹がへって喉《のど》が渇いているのです。とても人を傷つける力など、持っていません」

「あなたはここの人ではありませんね」とやっと彼女が言った。「あなたの話し方からすると、イスラエル王国の方ですね。もし、私のことをもっとよく御覧になれば、私が何も持っていないことに、お気づきでしょう」

「あなたは御主人を亡くされましたか？　主が私にそう言われたのです。それに、私はあなたよりももっと、何も持っていません。もし、あなたが今、食べ物と水をくれなければ、死んでしまうでしょう」

女はびっくりした。どうして、この異邦人は自分の人生を知っているのだろうか？

「女に養ってくれと頼むとは、男として恥かしく思うべきです」気を取り直して彼女は言った。

「私が頼んだとおりにして下さい」とエリヤは言い張った。自分の力が弱り始めたのに、彼は気がついていた。「元気になったら、あなたのために働きますから」

女は笑った。

「さっき、あなたは本当のことを言いました。私はやもめ女です。船で夫を失いました。私は一度も海を見たことはないけれど、海は砂漠と同じであるのを知っています。海は挑んでくる者を殺すのです！」

さらに彼女は続けた。

「でも今、あなたは間違ったことを言いました。第五の山の頂上に住むバアルと同じぐらい確かなことに、私は食べ物を持っていません。樽《たる》の中に一握りの粉と、びんの中に油が少しあるだけです」

エリヤには地平線が傾いて見えた。気を失いかけているのだった。最後の力を振りしぼると、彼はもう一度だけ、哀願した。

「あなたが夢を信じるかどうかは知りません。私自身、信じているかどうかもわかりません。しかし、私がここにやって来て、あなたに出会うだろうと、主が私に教えたのです。主は、彼の知恵を疑っても、その存在は決して疑えないようなことを、なさいました。そして、イスラエルの神は、ザレパテで私が出会う女にこう言え、と命じました。主が雨を地のおもてに降らす日まで、樽の粉は尽きず、びんの油は絶えないと」

　こうした奇跡がなぜ起るのか、説明しないうちに、エリヤは気を失ってしまった。
女は足元に倒れている男を見おろしていた。彼女は、イスラエルの神が単なる迷信にすぎないことを知っていた。フェニキアの神はもっと力があり、彼女の国を地上で最も尊敬される国の一つにしたのだった。しかし、彼女は幸福だった。普段、彼女は他の人々に施しを乞《こ》わなければならないのに、今、この男は自分を必要としているのだ。こんなことは、今まで起ったことがなかった。彼女は元気になった。なぜなら、自分よりもひどい状況にある人たちがいる、ということがこれでわかったからだった。

「誰かが私に何かを頼むということは、私がまだ、この世で役に立つからなのだ」と彼女は考えた。

「たとえ、この人の苦しみを和らげるためだけであっても、頼まれたとおりにしましょう。私も飢えたことがあるし、飢えが魂を滅ぼすことも知っているから」

　彼女は家へ帰ると、一かけらのパンと水を持って戻って来た。そしてひざまずくと、異邦人の頭を自分のひざに載せて、彼のくちびるを水でしめした。しばらくすると、彼は意識を取り戻した。

　彼女がパンを差し出すと、エリヤは谷間と峡谷、無言で天に向ってそびえ立つ山々をながめながら、あっと言う間にそれを平らげた。谷間の通行を支配しているザレパテの町の赤い城壁が、そこから見えた。

「あなたの家に、私を泊めて下さい。私は自分の国で追われる身なのです」とエリヤは言った。

「どんな罪を犯したのですか？」と彼女がたずねた。

「私は主の預言者です。イゼベルが、フェニキアの神を崇拝することを拒んだすべての者を殺せと、命じたのです」

「あなたはいくつ？」

「二十三歳です」とエリヤは答えた。

彼女は自分の目の前にいる若い男を憐《あわ》れむように見つめた。彼の髪は長くて汚れていた。ひげはまだ薄く、自分を年よりも老けて見せたいと思っているかのようだった。こんなみじめな男が、どうやって、世界一の権力を持つ王女に戦いを挑めたのだろうか？

「もし、あなたがイゼベルの敵であるのならば、私の敵でもあります。彼女はツロの王女です。あなた方の王と結婚した時、あなた方を本当の信仰に改宗させるのは、彼女の使命だったのです。彼女に会った人たちは、そう言っています」

彼女は谷間を囲む山々の一つを指さした。

「私たちの神は何世代にもわたって、第五の山に住んでおられます。そして、私たちの国を平和に保っています。でも、イスラエルは戦争と苦しみの中を生きています。どうして、あなた方は、唯一の神を信じ続けることができるのですか？　イゼベルに彼女の使命を果す時間を与えなさい。そうすれば、あなた方の町は平和になるでしょう」

「私は主の声を聞きました」とエリヤは答えた。「しかし、あなた方は第五の山の頂上に登って、そこに何がいるか、一度も見たことがないではありませんか？」

「第五の山に登った者は、必ず天の火によって、焼け死ぬのです。神はよそ者が嫌いなのです」

彼女は黙った。前の晩に、夢で非常に強い光を見たことを思い出したのだった。その光の真ん中から、「お前を求めてやって来るよそ者を受け入れよ」という声がした。

「あなたの家に泊めて下さい。寝る所がないのです」とエリヤはまた言った。

「私は貧しいとお伝えしました。自分と息子が食べてゆくのにも、足りないのです」

「主はあなたに、私を泊めるよう頼まれました。神は御自分の愛する者を、決して見捨てはしません。私が頼むとおりにして下さい。私はあなたのために働きます。私は指物師です。杉の木の細工ができます。する仕事がないということはありません。樽の粉は尽きず、びんの油は絶えないという約束を守るために、主は私の手をお使いになるでしょう」

「でもそうしたくても、私はあなたに給料を払うことができません」

「その必要はありません。主が与えて下さるでしょう」

前の晩の夢のせいで混乱した彼女は、この異邦人がツロの王女の敵であるとわかっていたにもかかわらず、彼の言うとおりにすることに決めた。

エリヤの存在は、すぐに近所の人々の知るところとなった。あのやもめ女は、亡き夫を忘れて、自分の家に異邦人を連れ込んだと、人々は噂《うわさ》した。亡き夫は、国の貿易路を拡大しようとして命を落とした英雄だった。

その噂を聞いたやもめ女は、男はイスラエルの預言者であり、飢えと渇きで弱っていたのだと説明した。そして、イゼベルから逃れたイスラエルの預言者が町に隠れているという話が、町中に広がった。代表が、祭司長に会いに出かけた。

「私のところに、その異邦人を連れて来なさい」と彼は命じた。

その日の午後、エリヤは彼のところへと連れて行かれた。その男は知事と軍隊の司令官との三人で、アクバルの出来事のすべてを取りしきっていた。

「お前は、ここに何をしに来たのか？」と彼はたずねた。「お前は、自分がこの国の敵であることを知らないのか？」

「何年間も、私はレバノンと商売を続けてまいりました。そして、この国の人々と習慣を尊敬しています。私はイスラエルで迫害されたために、ここにおります」

「そのことは知っている」と祭司長は言った。「お前を逃亡させたのは女だったのか？」

「私の人生で会った中で、あの方は最も美しい人でした。彼女の前にいたのは、ほんの一瞬ではありましたが。しかし、あの方の心は石のように固く、あの緑色のひとみの裏には、私の国を滅ぼそうと望んでいる敵が潜んでいます。私は逃げたわけではありません。国に戻る良い時期を待っているだけです」

祭司長は笑った。

「もし、国に戻る良い時期を待っているのであれば、一生、このアクバルにとどまる覚悟でいるのだな。我々はお前の国と戦ってはいない。我々の望みは、真の信仰が平和的手段によって、世界中に広まるのを見ることだけなのだ。カナンに国を建てる時にお前たちが犯した残虐行為を、我々はくり返したくはないのだ」

「預言者を殺すのは、平和的手段なのですか？」

「怪物の頭を切り落せば、その怪物はいなくなる。何人かは死ぬかもしれぬが、それによって宗教戦争は永久に避けられるだろう。商人から聞いた話では、この事件を引き起して逃げてしまったのは、エリヤという預言者だということだ」

次の言葉を口に出す前に、祭司長はじっと彼を見つめた。

「お前にそっくりな男だ」

「それは私です」とエリヤは答えた。

「よろしい。アクバルの町にようこそ。イゼベルから何か引き出す必要がある時、我々はお前の首で支払うことにしよう。お前は我々の持つ最も大切な通貨なのだ。それまでは、仕事を探して、自活するがよい。ここには預言者のための場所はない」

エリヤが立ち去ろうとすると、祭司長が彼に言った。

「シドンの若い女は、お前たちの唯一の神よりも、強力であるらしい。彼女はバアルに捧《ささ》げる祭壇を作った。その前に僧侶どもが、今、ひざまずいている」

「すべては、主が書かれたとおりになることでしょう」と預言者は答えた。「私たちの人生には、試練がやって来る時があります。しかし、何かの理由があって、それはやって来るのです」

「何の理由だ?」

「それは、試練の前には、いや、その最中でさえ、答えることのできない質問です。試練を克服した時にやっと、なぜ、その試練が起ったのか、わかるのです」

◆

エリヤが立ち去るやいなや、祭司長はその日の朝、彼に会いに来た市民の代表を呼び戻した。

「この件については、心配しないでよい」と祭司長は言った。「慣習《ならわし》にのっとって、異邦人は歓待すべきである。その上、ここでは彼は我々の支配下にあり、我々は彼の行動を見張ることができる。敵を知り、滅ぼすための最上の方法は、彼の友だちのふりをすることである。時が来たら、イゼベルに彼を手渡す。そうすれば、この町は金や他のものを報賞として得るだろう。その時までに、我々は彼の思想を打ち負かす方法を学ぶのだ。今のところは、我々は彼の肉体を滅ぼす方法しか知らない」

エリヤは唯一神の信者であり、王女の潜在的な敵ではあったが、祭司長は亡命の権利を尊重すると宣言した。誰もが古くからの慣習を知っていた。もし、町が旅人を保護することを拒絶すると、その住民の息子たちが、後で同じ目に遭う、というものだった。アクバルの住民の大部分には、巨大な商船に乗っている息子たちがいたので、誰一人として、この歓待の法に背こうとする者はいなかった。

さらに、このユダヤの預言者の首が、巨額の金と交換される日を待とうとも、一銭の費用もかからなかった。

その晩、エリヤはやもめ女とその息子と共に夕食を食べた。今やこのイスラエルの預言者は、いつか役に立つ高価な商品だった。そこで、何人もの貿易商が、三人で食べても一週間はもつほどの食べ物を、送って来たのだった。

「イスラエルの神は、約束を守って下さっているようです」と女が言った。「夫が死んでから、今日のように私のテーブルが豊かになったことは、一度もありませんでした」

エリヤは次第に、ザレパテの生活に慣れていった。そして、他の住民と同じように、そこをアクバルと呼ぶようになった。彼は知事と、軍隊の司令官と、祭司長、そしてこの地方で尊敬されているガラス職人の親方たちに会った。この町に住みついた理由をたずねられると、彼は本当のこと、つまり、イゼベルがイスラエル中の預言者を虐殺しているからだと答えた。

「お前は自分の国に対しては反逆者であり、フェニキアにとっては敵ではないか」と人々は言った。「だが、我々は商業国家だ。危険な人物であればあるほど、その首には高い値段がかけられていることを知っている」

こうして、何カ月かがすぎていった。

谷間の入口近くで、数人のアッシリアの偵察隊がキャンプを張った。そこにそのまま居残る気でいるのは、明らかだった。少人数の彼らを恐れる理由はなかったが、それでも司令官は知事に、対抗手段を取るべきかどうか、伺いをたてた。

「彼らは我々に何もしてはいない」と知事は言った。「多分、商品を運ぶためのもっと良いルートを探しているのだろう。彼らが我々の道を利用することになれば、税金を我々に支払うようになる。そして、我が国はもっと金持ちになるだろう。なぜ、彼らを刺激する必要があるのだ？」

さらに困ったことに、やもめ女の息子が原因不明の病気になった。近所の人々は、それを異邦人が家にいるせいだと言い始めた。女は、彼に出て行くように頼んだ。しかし、彼は出て行こうとはしなかった。主がまだ彼を呼んでいないからだった。異邦人が第五の山に住む神々の怒りをもたらしたという噂が、広まり始めた。

知事は、外国の偵察隊については、軍隊を統制し、人々を安心させることができた。しかし、女の息子の病気の件では、人々のエリヤに対する感情を和らげるのが、次第に難しくなっていった。

アクバルの住民代表が、知事と話し合うためにやって来た。

「城壁の外に、あのイスラエル人のために家を建てましょう」と彼らは言った。「そうすれば、歓待の法を破らずに、神の怒りから町を守ることができます。神々はあの男がここにいるのを、いやがっているのです」

「あの男を今のまま、いさせなさい」と知事は答えた。「イスラエルと、政治的問題を起したくはないのだ」

「何ですって?」と町の人々はたずねた。「イゼベルは、唯一の神を崇拝しているすべての預言者を追跡し、彼らを殺しているのですよ」

「我々の王女は勇気があり、第五の山の神々に忠実な方だ。しかし、現在、いかに権勢を誇っていようと、彼女はイスラエル人ではない。明日にでも、彼女は人気を失い、我々は隣国の怒りをこうむるかもしれないのだ。我々が彼らの預言者の一人を、ていねいに遇したことを示せば、彼らは我々を手荒く扱いはしないだろう」

代表は満足しなかった。前に祭司長が、いつかは、エリヤを金やその他の財宝と交換すると言ったからだった。それでも、知事が間違っているとしても、彼らはどうすることもできなかった。慣習《ならわし》では、町を支配する一族を尊敬しなければならないからだった。

遠くでは、谷間の中央に、アッシリア軍のテントが増え始めた。

司令官は心配したが、知事の支持も祭司長の同意も得られなかった。彼は自分の部隊の訓練を怠らないように努力したが、兵士の誰も、いや、彼らの祖父たちでさえ、実際に戦った経験がなかった。戦争はアクバルにとっては過去のものであり、司令官が習った戦術はどれも、他国が使っている新しい武器や技術に比べたら時代おくれになっていた。

「アクバルは常に話し合いによって平和を維持してきた」と知事は言った。「我々が侵略されることはもうないだろう。他の国々を互いに戦わせよう。我々は彼らよりもずっと強力な武器を持っている。それは金だ。彼らが互いに滅ぼし合った時に、我々は彼らの町にゆき、品物を売るのだ」

知事は、アッシリアの軍隊に関しては、人々の心配を静めることができた。しかし、例のイスラエル人がアクバルの神々の呪《のろ》いをもたらしたという噂《うわさ》は、さかんに飛び交っていた。エリヤの存在はこれまでにないほど問題の種になっていった。

◆

ある日の午後、息子の状態が非常に悪化した。彼はもはや、立ち上れず、自分を見舞いに来る人々の顔さえ、わからなくなった。地平線に太陽が沈もうとする頃、エリヤとやもめ女は子供の寝床のかたわらにひざまずいた。

「全知全能の神よ、兵士の矢をそらせ、私をここに連れてこられた方よ、この子供を回復させて下さい。彼は何も悪いことをしていません。私の罪にも、父親の罪にも、関係ありません。神よ、少年をお救い下さい」

少年は身じろぎもしなかった。くちびるは真っ青で、目は急速にその輝きを失っていった。

「あなたの唯一の神に祈って下さい」と女が頼んだ。「なぜならば、息子の魂がいつ去るのか、母親にだけはわかるからです」

エリヤは女の手をとって、彼女は一人ではなく、全知全能の神が自分につきそっていると伝えたかった。彼は預言者だった。その真実をケリテ川のほとりで受け入れたのだった。今、天使たちが彼のそばにいた。

「私の涙はもう涸《か》れ果てました」と女は言った。「神が慈悲の心を持たず、命を必要としているのであれば、私の命を取って、息子をこの谷間やアクバルの通りを歩けるようにお残し下さいと、あなたの神に頼んで下さい」

エリヤは、力のかぎり心をこめて祈った。しかし、母親の苦しみは深く、部屋中に広がって壁や戸口を貫いてゆくように思えるほどだった。

彼は少年の体に触れた。少年の体温は数日前ほど高くはなかった。しかし、それは良くない徴候だった。

◆

祭司長はその朝もやって来て、この二週間、ずっと行なったように、少年の顔と胸に薬草の湿布をした。アクバルの女たちは、何世代にもわたって伝えられてきた病気に良いという食物の作り方を教えに、やって来た。こうした食べ物の効果は、幾度となく証明されていた。毎日午後になると、彼らは第五の山のふもとに集まり、少年の魂が肉体を捨てないようにと、いけにえを捧《ささ》げて祈った。

この町で起っている事件に心を動かされて、アクバルを通りかかったエジプト商人が、少年の食物にまぜるようにと、高価な赤い粉をただでくれた。伝説によれば、その粉の製法は、神みずからがエジプトの医者に教えたと言われていた。

エリヤはその間、ずっと絶えることなく祈り続けていた。

しかし、どんな物もどんな治療も、何一つ役に立たなかった。

◆

「彼らがなぜ、あなたがここにいるのを許したのか、私は知っています」と女は言った。眠れない日が続き、彼女の声は話すたびに、か弱くなっていった。「あなたの首には、賞金がかかっていて、いつか、金と交換に、イスラエルに引き渡されるということです。もし、息子を救って下されば、私は第五の山のバアルの神にかけて、あなたが絶対に捕えられないようにすると、誓います。ずっと忘れ去られている逃げ道を知っています。誰にも見つからずに、アクバルを去る方法を教えましょう」

エリヤは答えなかった。

「あなたの唯一神に祈って下さい」と再び女が頼んだ。「もし、唯一神が息子を助けてくれるならば、私はバアル神を捨てて、唯一神を信じると誓います。あなたが求めた時、私はあなたに宿を与えたと、主に説明して下さい。私は神が命じたとおりにしたのです」

エリヤは再び、全力で祈った。その瞬間、少年が動いた。

「僕はここを出たい」と少年は弱々しい声で言った。

母親の目は喜びで輝いた。涙が彼女のほおをつたって流れ落ちた。

「おいで、息子よ。どこでも、お前の好きな所に行き、お前の好きなことをしましょう」

エリヤが彼を抱き起こそうとした。しかし、少年は彼の手を振り払った。

「僕は自分で起きたいんだ」と少年は言った。

少年はゆっくり起き上ると、外側の部屋の方へ歩き始めた。二、三歩行ったところで、雷に打たれたかのように、彼は床に倒れた。

エリヤと女は彼に駆けよった。突然、女が声を限りに悲鳴をあげ始めた。

「神に災いあれ、私の息子を奪った者たちに災いあれ！　我が家にこの不幸をもたらした男に災いあれ！　私のたった一人の子供なのに！」と彼女は泣き叫んだ。「私が天の意志を尊重して、異邦人にやさしくしたばかりに、私の息子は死んでしまった！」

近所の人々はやもめ女の嘆きの声を聞きつけ、彼女の息子が家の床に倒れているのを見た。彼女はまだ泣き叫び、隣に立っているイスラエルの預言者の胸を、こぶしでたたいていた。彼は反応する力をまったく失ったかのように、自分を守ろうともしなかった。女たちがやもめ女を慰めている間に、男たちはエリヤの腕をとって捕え、知事の前へ連れて行った。

「この男は親切を仇《あだ》で返しました。やもめ女の家に呪いをかけ、それで彼女の息子が死んだのです。我々は神に呪われた者を、かくまっているのです」

イスラエル人は泣き、自分自身に問いかけた。「主よ、そして神よ。私にあんなにも親切だったやもめ女さえも、あなたは苦しませるのですか？　あなたが彼女の息子を殺したとしたら、それはただ、私が自分に与えられた使命を果していないからとしか思えません。死に値するのは、私です」

その晩、アクバルの議会が、祭司長と知事の指示によって開かれた。エリヤはそこで裁かれることになった。

「お前は愛に憎しみで応《こた》えた。それ故に、私はお前に死を宣告する」と知事が言った。

◆

「たとえ、お前の首が一袋の金に値しようと、我々は第五の山の神々の怒りを招くことはできない」と祭司長が言った。「なぜならば、そのあと、世界中の金をもってしても、この町に平和を取り戻すことはできないからだ」

エリヤは頭《こうべ》を垂れた。彼は耐えられる限りのあらゆる苦しみを受けるに値した。主が彼を見捨てたからだった。

「お前は第五の山に登るのだ」と祭司長が言った。「そして、お前が怒らせた神に、許しを乞《こ》わねばならない。彼らはお前を殺すために、天から火を下すであろう。神々がそうしない場合は、我々が自ら正義を行うことを、彼らが望んでいるということだ。我々はお前を山のふもとで待っている。そして、儀式にのっとって、お前はその次の朝、処刑されるであろう」

エリヤは聖なる処刑について、すべて知っていた。彼らは胸から心臓を引き出し、頭を切断するのだ。古代の信仰によれば、心臓のない人間は、天国には入れないとされていた。

「主よ、なぜあなたは、この私をお選びになったのですか？」と彼は叫んだ。まわりにいる男たちが、主が彼に対して行なった選択について、何も知らないことはわかっていた。「あなたが要求する使命を果す能力が私にはないことを、おわかりにならないのですか？」

答は聞こえなかった。

侮辱の言葉を叫び、石を投げつけながら、アクバルの男たちと女たちは列になって、イスラエル人を第五の山へと導いてゆく護衛隊の後ろについて行った。群衆の怒りを抑えるために、兵士たちは大変な努力を要した。半時間歩いて、彼らは聖なる山のふもとに到着した。

一行は石の祭壇の前で止まった。そこは、人々がいけにえや願いや祈りを捧げるための場所だった。誰もが、この辺りに住む巨人の物語を知っていた。そして、掟《おきて》を破っては天から下ってきた炎によって滅ぼされた人たちのことを覚えていた。夜間に谷間を行く旅人は、上の方から楽しそうな神や女神たちの笑い声が聞こえたと言い張った。

誰一人として、こうした話が本当かどうかは知らなかったが、神々にあえて挑戦しようとする者は一人もいなかった。

「行け！」エリヤを槍《やり》の先で小突きながら、兵士が言った。「子供を殺した者はみな、この世で最もひどい罰を受けるに値するのだ」

◆

エリヤは立ち入りを禁じられている地域へと歩みを進め、斜面を登り始めた。しばらく歩いて、アクバルの人々の叫び声が聞こえなくなってから、彼は岩の上に腰を下ろして泣いた。自分の店で輝く光の粒が点在する暗闇《くらやみ》を見たあの日以来、彼は他の人々に不幸をもたらすことしか、していなかった。

イスラエルでは、主はその声を失い、フェニキアの神の信仰が以前よりも、ずっと強くなっているに違いなかった。ケリテ川のほとりですごした初めての夜、エリヤは、他の多くの選ばれし者たちのように、自分も神によって殉教者に選ばれたのだと思った。

しかし、主は不吉な鳥であるカラスを送り、カラスはケリテ川が干上るまで、彼に食べ物を与え続けた。鳩でもなく、天使でもなく、なぜカラスだったのだろうか？

すべては、恐怖を隠すための妄想だったのだろうか？　それとも、余りにも長い時間、太陽に頭をさらされた男の幻覚にすぎなかったのだろうか？　エリヤはもう、何にも確信が持てなかった。きっと、悪魔が都合の良い道具を見つけ、その道具が彼だったのだ。なぜ神は、祖国の人々にあのような苦しみを与えた王女を倒すために帰国させるかわりに、彼をアクバルにつかわしたのだろうか？

エリヤは自分を臆病《おくびょう》者のように感じたが、命ぜられたとおりに動いた。この見知らぬ土地で情け深い人々と、彼らの完全に異質な生活に慣れるために、彼は懸命に努力をした。そして、自分の運命を果しつつあると思った丁度その時、やもめ女の息子が死んだのだった。

「どうしてこの私に？」

◆

彼は立ち上るともう少し歩いて、山の頂上をおおっている霧の中に入っていった。ふもとからその姿が見えないのを幸いに、追手から逃げることもできた。しかし、そうしてどうなるというのだろうか？　彼は逃亡生活にうんざりしていた。そして、世界中のどこにも自分の居場所を見つけられないことも知っていた。今、逃げられたとしても、彼はまた、別の町に災いをもたらし、別の悲劇を起すだけだろう。どこへ行こうと、自分は死の影をたずさえてゆくのだ、むしろ、胸から心臓を引き出され、首をはねられる方がましだった。

彼はまた、霧の中で腰を下ろした。そして、下にいる人々に、彼が山の頂上に登ったと思わせるためにしばらく時間を潰《つぶ》してから、アクバルに戻って降伏するつもりだった。

「天の炎」、エリヤはそれが主が送ったものかどうか、疑ってはいたが、これまでに多くの者たちがその火によって殺されていた。月の無い夜には、その光は突然現れては大空を走り、また急に消えていった。多分、火が燃えたのだ。きっと、それはあっという間に、苦痛もなく、人を殺すのだろう。

◆

夜になると共に、霧は晴れた。下の谷間とアクバルの町の灯、そして、アッシリア軍の火が見えた。そして、彼らの犬の遠ぼえと、兵士が歌う戦いの歌が聞こえた。

「もう大丈夫だ」と彼は自分に言った。「私は自分が預言者であることを受け入れた。そして、最善を尽して、すべてを行なった。しかし、私は失敗した。そして、今、神は誰か他の人間を必要としている」

その瞬間、光が彼に下った。

しかし、その光は彼の目の前にとどまっていた。そして、声が聞こえた。

「天の火だ！」

「私は主の天使だ」

エリヤはひざまずき、顔を地面に伏せた。

「私は前にも、あなたにお会いしました。そして、主の天使の言葉に従ってまいりました」頭を下げたまま、エリヤは答えた。「しかし、私は、どこへ行っても不幸を播《ま》くことしかできません」

しかし、天使はさらに言った。

「町に戻ったら、少年が生き返るようにと、三回、祈りなさい。三度目に、主はお前の言葉を聞き届けるであろう」

「なぜ、そのようなことをするのですか？」

「神の御威光のためだ」

「たとえ、そうなるとしても、私は自分を疑っています。私はもはや、この仕事をするに値しません」とエリヤは答えた。

「誰でも、自分の仕事に疑問を持ち、時にはそれを捨てる権利を持っている。しかし、人がしてはならないことは、その仕事を忘れることだ。自分自身に疑いを抱かぬ者は尊敬に値しない。なぜなら、自らの能力をまったく疑わずに信ずる時、人は傲慢《ごうまん》という罪を犯しているからだ。優柔不断な時を味わう者は幸いなり」

「しばらく前に、あなたが神の使者であることさえ、私が確信できなかったのを、御覧になったでしょう」

「行きなさい。そして、私の伝えたとおりにしなさい」

そのあとずっと時間がたってから、エリヤはいけにえの祭壇の所まで、山を下って行った。見張番が彼を待っていたが、ほとんどの人々はすでにアクバルに帰っていた。

「私は死ぬ覚悟ができました」と彼は言った。「第五の山の神々に許しを求めました。神々は魂がこの体を捨てる前に、私をかくまってくれた女の家へ行き、私の魂を憐《あわ》れむように頼めと、命じました」

兵士たちは彼を祭司長の前へと連れ戻ると、そこでイスラエル人の言った言葉をくり返した。

「お前の言うとおりにしよう」と祭司長は囚《とら》われ人に言った。「神々の許しを求めたからには、お前はやもめ女の許しも求めるべきだ。逃亡を防ぐために、武装した四人の兵士をお前についてゆかせる。しかし、慈悲深い処置を願い出るように彼女を説得しようなどという幻想を抱いてはならぬ。朝になれば、我々は広場の中央で、お前を処刑する」

祭司長は山の頂上で何を見たのか、質問したかった。しかし、兵士たちの前で答を聞くのは、具合が悪かった、そこで、何も言わないことにした。しかし、エリヤに人々の前で許しを乞《こ》わせることに決めた。そうすれば、他の誰も、第五の山の神々の力を疑うことはできないだろう。

エリヤと四人の兵士は、何カ月か彼が住んでいた貧しく狭い通りを歩いて行った。やもめ女の家の戸も窓も大きく開かれていた。習慣に従って、神と共に生きるために、息子の魂が家を出て行けるようにするためだった。死体は小さな部屋の中央に置かれていた。近所の人々が夜通し、そこにすわっていた。

イスラエル人がいることに気づくと、男も女もみな、震え上った。「もうそいつは十分に悪いことを起したではないか？　そいつを連れて出て行け！」彼らは兵士に向ってどなった。「そいつは、第五の山の神々がその血に手を染めるのを拒否したほど、邪悪な人間なのだ」

「そいつを殺すのは、俺《おれ》たちにまかせておけ！」と一人の男が叫んだ。「それも今、すぐにだ！　正式の処刑を待つことはない！」

小突かれたりなぐられたりしながら、エリヤは必死で抵抗し、何とか彼を捕えようとする手を逃れて、部屋の片隅で泣いているやもめ女のそばに駆け寄った。

「私は、この子を生き返らせることができます。あなたの息子に触れさせて下さい」と彼は言った。「ほんの一瞬でいいのです」

女は顔をあげようともしなかった。

「お願いです」と彼は重ねて言った。「たとえ、あなたにとって、最もやりたくないことだとしても、あなたの親切に報いるチャンスを私に与えて下さい」

男たちは、彼を捕えて引きずり出そうとした。しかし、エリヤは必死で争って抵抗し、死んだ少年に触れるのを許してくれと、懇願した。

彼はまだ若く、強い意志を持っていたにもかかわらず、ついに家の戸口まで引っ張られて行った。「主の天使よ、どこにいるのですか？」彼は天に向って叫んだ。

その瞬間、すべての人の動きが止まった。女が立ち上って、彼の方にやって来た。彼の手を取ると、彼女はエリヤを息子の死体のそばに連れて行った。そして、死体をおおっていたシーツを取った。

「私の怒りを見なさい」と彼女は言った。「あなたの望みどおりにならない時は、私の怒りがあなたの子孫に降りかかりますように」

彼はさらに近づいて、少年に触れようとした。

「ちょっと待って」と女が言った。「まず、あなたの神に、私の呪《のろ》いが成就するように祈りなさい」

エリヤの心は乱れた。しかし、彼は天使が自分に語ったことを信じていた。

「私の言ったとおりにならなかった時は、私の父、母、兄弟、兄弟の息子、娘に、この少年の怒りが降りかかりますように」

そして、自分の中の疑念、罪の意識、恐怖にもかかわらず、彼は女の腕の中から少年を抱き取り、自分が泊まっていた二階の部屋に運んで行った。そして、彼を自分のベッドの上に寝かせてから、主に呼びかけた。

「主よ、神よ、あなたは私を泊めてくれたやもめ女にさえ、その息子を殺して災いを下すのですか？」

そして三度、その子供の上に身を伸ばし、主に向って叫んだ。「主よ、わが神よ。この子供の魂を体の中にお戻し下さい」

しかし、何も起らなかった。エリヤは、ギレアデにいた時の自分を見た。兵士が自分の心臓をめがけて矢をつがえていた。時として人の運命とは、彼が信じていることや怖《おそ》れていることとは、まったく無関係であることに気づいていた。そして、あの日と同じように、彼は落ち着きと自信を取り戻した。結果はどうあろうとも、すべて起ることには理由があるということがわかったからだった。第五の山の頂上で、天使はこの理由を「神の御威光」と呼んでいた。エリヤは、なぜ創造主が、自らの創造物がこの威光を示すことを必要としたのか、いつの日か理解したいと思った。

丁度その時、少年が目を開いた。

「お母さんはどこ？」と彼がたずねた。

「下で、君を待っているよ」と笑みを浮べてエリヤは答えた。

「僕は変な夢を見ていた。暗い穴の中を、アクバルで一番速い馬よりも速いスピードで旅した。そして、男の人に会った。一度も会ったことがないのに、僕のお父さんだとわかった。次に、とってもきれいな所に行った。僕はずっとそこにいたかった。でもまた、別の知らない人がやって来たんだ。とっても善い人で勇敢そうに見えた。その人が僕に、やさしく、そこから出て行きなさいと言った。僕はそこにいたかったのに、あなたが僕を起してしまった」

少年は悲し気だった。彼がもう少しで行きそうだった場所は、それは美しかったに違いなかった。

「僕を一人にしないで。しっかり守られていた場所から、あなたが僕をここに引き戻してきたのだもの」

「さあ、下へ行こう」とエリヤが言った。「お母さんが君に会いたがっている」

少年は立ち上ろうとしたが、弱っていてまだ歩けなかった。エリヤは彼を腕に抱くと、階段をゆっくりと下《お》りていった。

下にいた人々は、激しい恐怖に襲われた様子だった。

「なぜ、こんなに大勢、ここにいるの？」と少年がたずねた。

エリヤが答える前に、女が少年を自分の腕に抱き取ると、泣きながら口づけをした。

「お母さん、あの人たちはお母さんに何をしたの？　なぜ、そんなに悲しんでいるの？」

「悲しんでいるのではないの、坊や」涙をふり払いながら、彼女は答えた。「こんなに幸せなことは、生まれてから一度もありません」

そう言うと、女はひざまずいて大声で言った。

「これで、あなたが神の人であることがわかりました！　あなたの言っていた主の言葉は本当だったのです！」

エリヤは女を立ち上らせて、抱擁した。

「この人を自由にして下さい」と女は兵士に言った。「この人は私の家に降りかかった災いを、打ち負かしたのです」

そこに集まった人々は、自分たちが目にしたことを信じられなかった。画家である二十歳の若い女が、やもめ女の傍らにひざまずいた。次々と、他の人々も彼女と同じようにした。エリヤを監視する役の兵士たちもまた、他の人々にならってひざまずいた。

「立ちなさい」とエリヤは人々に言った。「そして、主をほめたたえなさい。私は主の召使いの一人にすぎません。それも、一番覚悟のできていない者なのです」

しかし、彼らはみな、頭《こうべ》を垂れてひざまずいたままだった。

「あなたは第五の山の神々と、話をされました」という声が聞こえた。「そして、あなたは奇跡を起したのです」

「第五の山には神はいませんでした。私は主の天使に会い、彼は私にこのすべてを命じたのです」

「あなたはバアルとその兄弟たちと一緒だったのです」とまた別の人が言った。

エリヤはひざまずいている人々を押しわけて、道路へと出た。彼の心臓はまだ、早鐘のようだった。天使に命じられた任務を果せずに、失敗したような気持だった。

「死者をよみがえらせたとしても、誰もその源の力を信じないのでは、何の役に立つと言うのだろう？」天使は彼に、三度、主の名を呼べと命じたものの、下の部屋にいた人々に、その奇跡をどのように説明すればいいのか、何も教えてはくれなかった。「昔の預言者と同じように、私は、自分の力を示して虚栄心を満足させたいだけだったのかもしれない」と彼は思った。

その時、子供時代からずっとそばにいて彼を助けてくれている守護天使の声が聞こえた。

「お前は今日は、主の天使と一緒だったな」

「そうです」とエリヤは答えた。「でも、主の天使は人間と会話はしません。彼らの方から一方的に神の命令を伝えるだけです」

「お前の力を使うがよい」と守護天使が言った。

エリヤはその意味がわからなかった。「私は主からいただく力以外には、何の力も持っていません」と彼は言った。

「それ以外の力を持っている者はいない。そして、誰でも主の力を持っている。しかし、それを使う者はほとんどいない」

さらに、天使は言葉を続けた。

「今日から、お前が捨てた国に再び戻る時まで、お前には一切、奇跡は下されないであろう」

「それはいつになりますか？」

「主はイスラエルの再建を必要としている」と天使は言った。「再建の仕方を学んだ時、お前は故国の土を踏むだろう」

そして天使はそれ以上、何も言わなかった。

第二部

祭司長は昇りくる太陽に向って祈りを捧《ささ》げ、嵐《あらし》の神と動物の女神に、愚か者を憐《あわ》れむように願った。その朝、エリヤがやもめ女の息子を死者の王国から呼び戻したことを、彼は知らされた。

町は恐れおののき、かつ興奮していた。すべての人々が、イスラエル人は第五の山の神々から力を得たと信じていた。彼を追い出すのは、ますます難しくなりそうだった。「だがいつか良い機会《チャンス》がやって来るだろう」と祭司長は思った。

神々が彼を取り除くチャンスをもたらしてくれるだろう。しかし、神の怒りにはもう一つ、別の目的があった。谷間にいるアッシリア軍が、その徴《しるし》だった。なぜ、何百年もの間の平和が終ろうとしているのだろうか？　彼は答を一つ、持っていた。ビブロスの発明である。彼の国は、特別の訓練を受けていない人々でも使うことができる文字を発明していた。誰でも短期間でそれを学ぶことができた。そして、それは文明の終りを意味していた。

祭司長は、人間が発明した破壊のための武器のうちで、最も恐ろしく、最も強力なものは、言葉であることを知っていた。剣や槍《やり》は血痕《けっこん》を残す。矢は遠くからそれとわかる。毒はいつか、検出される。

しかし、言葉は、一切痕跡を残さずに、破壊を行うことができるのだ。もし、聖なる儀式が人々に広く知られるようになれば、人々は世界を変えるために、それらの儀式を利用し始めるだろう。そうなれば、神々は混乱してしまう。それまでは、祖先の記憶は、秘密を保つ誓いをした上で、口伝えに受け継がれ、祭司階級だけが知っているものだった。それに、エジプト人が世界中に広めた象形文字を解読するためには、長年の勉強が必要だった。従って、高度の訓練を受けた者――祭司と書記――だけしか、書かれた情報を交換することはできなかった。

他にも、歴史を記録するための未熟な方式はいくつかあったが、どれも余りに複雑すぎて、その方式が使われている地域の人たち以外には、学ぶ人はいなかった。しかし、ビブロスの発明は、革命的だった。この文字はどこの国でも、使われている言葉が何であれ、使うことができた。自分たちの都市の外から来たものを何もかも拒否するギリシャ人でさえ、商取引の共通様式として、ビブロスの文字を採用していた。新しいものを盗用するのが得意な彼らは、すでにビブロス文字にギリシャ語の名前までつけていた。アルファベットというのが、その名前だった。

何世紀もの間、厳重に守られていた文明の秘密が、光にさらされる危険に瀕《ひん》していた。このことに比べれば、エリヤが死の川の向う岸から少年を連れ戻したことなど、まったく取るに足りないことであった。そんな事は、エジプト人もやっていることなのだ。

「もはや、神聖なる物を守り通すことができないために、我々は罰せられているのだ」と祭司長は思った。「アッシリア軍はこの町の入口に陣取っている。彼らは谷間を横切って、我々の先祖が築いた文明を破壊しに来るだろう」

そして、文字を廃止するだろう。敵の存在が単なる偶然ではないことを、祭司長は知っていた。

それは支払わねばならぬ代価だった。神は、誰も責任を感じずにすむように、注意深くことを計画した。つまり、軍隊よりも商売のことを心配している知事を権力につけ、アッシリア人の欲望をあおり立て、これまでにないほどに雨を少ししか降らせず、町を二分するために異教徒を連れて来たのだ。間もなく、最終戦争が行われるだろう。

◈

すべてが終ったあとでも、アクバルは存在し続けるだろう。しかし、ビブロス文字の脅威は、地球上から永久にぬぐい去られるだろう。祭司長は注意深く、この町が建てられた場所を示す石をきれいにふいた。ずっと昔、外国の巡礼が天によって示された場所にやって来て、そこに町を建てたのがアクバルの始まりだった。「この石は何と美しいのだろう」と彼は思った。石は神のイメージそのままだった。固くて忍耐強く、どんな境遇でも生き延び、なぜそこにいるのか、説明する必要もないのだ。口伝えの伝説によれば、世界の中心には石の目印が置かれていると言われていた。そして、子供時代、彼はその場所を探したいと願い、その思いを、この年になるまで大切に温めていた。しかし、谷の奥深くにアッシリア軍がいるのを見た時、彼は自分の夢が決して実現しないことを悟ったのだった。

「そんなことは大切ではない。神の怒りに対して、我々の世代は犠牲として捧げられることになっていたのだ。世界の歴史には避けることのできない事柄がある。我々はそれを受け入れるしかないのだ」

彼は神に従うことを、自分に約束した。戦争を止めるための試みを何一つ、やる気はなかった。

「多分、終りの日がやって来るだろう。一瞬毎《ごと》に高まってゆく危機を避ける道はない」

祭司長は部下を引きつれて小さな神殿をあとにし、アクバルの軍隊の司令官に会いに行った。

◆

南の城壁までやって来た時、エリヤが彼に近づいて来た。

「主が少年を死から生き返らせました」とエリヤは言った。「町の人々は私の力を信じています」

「子供は死んではいなかったのだろう」と祭司長は答えた。「そんなことは前にもあったことだ。止まっていた心臓が再び打ち出すことがある。今日、町全体がその話でもちきりだ。しかし、明日になれば、彼らは正気にもどるだろう。すると、彼らの口はもう一度、静まるであろう。私は行かねばならぬ。アッシリア軍が戦いの準備を始めている」

「お伝えしなければならないことがあります。昨夜の奇跡のあと、私は静けさが欲しくて、城壁の外で寝ました。すると、第五の山で会った主の天使が、再び目の前に現れました。そして、彼は私に言いました。『アクバルは戦争によって滅ぼされるであろう』と」

「町が滅ぼされることはない」と祭司長が言った。「町は七十七回、再建されるのだ。なぜならば、神は御自分が町を作った場所をご存じであり、しかも町をこの場所に必要としているからだ」

◆

知事がとりまきたちと共に近づいて来て、二人に質問した。

「お前たちは何を話しているのだ？」

「あなた方は和平を探るべきだと話しているのです」とエリヤは答えた。

「こわいのであれば、お前の国に戻るのだな」と祭司長が冷たく言った。

「イゼベルとアハブ王は逃亡した預言者を殺そうと、待ち構えている」と知事が言った。「しかし、まずお前に聞きたい。天の火に焼き滅ぼされずに、お前はどうやって第五の山に登ることができたのだ？」

祭司長はその会話をやめさせねばならない、と思った。知事はアッシリア軍との和平交渉を考えていた。そして、エリヤをその目的のために利用するつもりかもしれなかった。

「彼の話を聞いてはいけない」と祭司長は言った。「昨日、裁判のために私の前に連れてこられた時、この男が恐怖で泣いているのを、私は見た」

「あの涙は、私があなたの心に引き起した悪意のためでした。私が恐れるものは、二つしかありません。主と、私自身です、私はイスラエルから逃げたのではありません。主がお許しになれば、すぐに国へ戻る覚悟です。そして、あなた方の美しい王妃の命を奪うつもりです。そして、イスラエルの信仰を、この危機から救うのです」

「イゼベルの魅力に抵抗するためには、よほど心が頑《かたく》なでなければなるまいに」皮肉っぽく祭司長が言った。「だがしかし、そうなったとしても、昔から何回もやってきたように、もっと美しい女をお前の国に送るだけだ」

祭司長の話は事実だった。二百年前、シドンの王女が、イスラエル一の賢い支配者であったソロモン王を誘惑したことがあった。彼女はアスタルテの女神に捧げる祭壇を作るように王に勧め、ソロモンは彼女に従ったのだった。この神の冒瀆《ぼうとく》に対して、主は近隣の軍に兵を挙げさせ、ソロモンは危うく王位を失うところだった。

「同じことがイゼベルの夫、アハブにも起るだろう」とエリヤは思った。主はこの任務を完成するために、その時が来れば、自分を故国に連れ戻すだろう。しかし、今、自分の目の前に立っている男たちを説得しようとして、何の役に立つというのだろうか？　彼らは前の晩にエリヤが見た人々、やもめ女の家の床にひざまずいて、第五の山の神を崇《あが》めていた人々と同じなのだ。伝統にしばられた彼らは、違った考え方をすることができなかった。

◆

「我々が歓待の法を尊重しなければならないのは、まことに残念だ」と知事が言った。彼はすでに、和平についてエリヤが語った言葉を忘れたらしかった。「それさえなければ、預言者を殺す手間を省いて、イゼベルを助けることができるのに」

「それは、私を生かしておく理由ではありません。私が価値のある商品であることを、あなたはご存じです。それに、私を自分の手で殺す楽しみをイゼベルに与えたいと、あなたは思っています。しかし、昨日から、人々は奇跡の力を私のものだと思っています。彼らは、私が第五の山の神々に会ったと考えているのです。あなた方は神々を怒らせても困りはしないでしょう。でも、町の住民を怒らせたいとは思っていないはずです」

知事と祭司長は、エリヤから離れて町の城壁の方へと歩いて行った。その時、祭司長はこのイスラエルの預言者を、機会があればすぐにでも殺そうと決心した。今までは単なる商品にすぎなかったものが、今や脅威になったのだった。

◆

二人が歩み去るのを見て、エリヤは望みを失った。主に仕えるために、自分に何ができるのだろうか？　次の瞬間、彼は広場の中央で、大きな声で叫び始めた。

「アクバルの住民よ！　昨夜、私は第五の山に登り、そこに住む神々と話をした。戻って来てから、少年を死者の王国からよみがえらせることができた！」

人々が彼のまわりに集まってきた。この話は、すでに町中に知れ渡っていた。知事と祭司長は立ち止まり、何が起きたのか見るために引き返してきた。イスラエルの預言者が、第五の山の神々がさらに上位の神を拝んでいるのを自分は見たと、語っているところだった。

「私はあいつを殺すつもりだ」と祭司長が言った。

「そうなれば、全住民が我々に反抗して立ち上るだろう」と知事が答えた。彼はこの異邦人が言うことに、興味をおぼえていた。「彼が間違いを犯すまで、待つ方がいい」

「山からおりる前」とエリヤは話を続けた。「神は、アッシリアの圧力に対抗するために知事を助けるよう、私に命じた。彼は尊敬すべき人であり、私の言葉を聞く気持を持っていることを、私は知っている。しかし、戦争によって利益を得る者がいて、私を彼に近づけないであろう」

「このイスラエル人は聖人です」と一人の老人が知事に言った。「天の火に打ち殺されずに第五の山に登れる人は誰もいません。でもこの男はそれを成しとげ、しかも、死者を立ち上らせたのです」

「シドン、ツロ、そしてフェニキアのすべての町は、平和の歴史を持っています」と別の老人が言った。「我々は今度のものよりもひどいおどしを、何回もくぐり抜け、克服してきました」

数人の病人や不具者たちが群衆の間をかきわけて近づいて来た。彼らはエリヤの衣服に触れ、自分たちの苦しみを癒《いや》してくれるようにと哀願した。

「知事に助言する前に、病人を癒しなさい」と祭司長が言った。「そのあと、第五の山の神々がお前と共にあることを、信じよう」

エリヤは前の晩に天使が言ったことを思い出した。普通の人々に与えられている力しか、彼には今、許されていなかった。

「病人が助けを求めている」と祭司長はさらに言った。「我々は待っているのだ」

「まず、戦争を避ける手段を講じなければいけません。もし、それに失敗すれば、もっと多くの病人や苦しみが生まれます」

知事が二人の話に割って入った。

「エリヤは我々と一緒に来ることにする。彼は神の霊気に触れたのだ」

第五の山に神がいるとは、知事は信じていなかった。しかし、アッシリアとの和平が唯一の解決法であると人々を説得するために、自分を助けてくれる味方を、彼は必要としていた。

◆

司令官に会うために三人で歩きながら、祭司長がエリヤに言った。

「お前はさっき自分が言ったことを何も信じてはいないだろうな」

「私は和平が唯一の解決策であると信じています。しかし、第五の山の頂上に神が住んでいるとは、信じていません。私はそこに行ってきたのです」

「そして、何を見たのだ?」

「主の天使です。私はその天使にいろいろな所で前にも会っています」とエリヤは答えた。

「そして、神は一人しかいません」

祭司長は笑った。

「お前の意見では、嵐《あらし》を起す神と同じ神が、小麦を作ると言うのか? 小麦と嵐はまったく違うものだというのに」

「第五の山を見て下さい」とエリヤが言った。「同じ山なのに、見る方向によって、みんな違って見えます。すべての創造物はこれと同じです。同じ神が持つ、沢山の顔なのです」

◆

彼らは城壁の上に来た。そこからは遠くの方に敵の陣営が見えた。砂漠の谷間に、白いテントがくっきりと浮び上っていた。

それより何カ月か前、歩哨《ほしよう》が初めてアッシリア軍の存在に気づいた時、スパイたちは彼らが偵察のために来ていると報告した。司令官は彼らを捕えて、奴隷として売り渡そうと提案した。しかし、知事は別の方策を取ることにした。何もしない、というものだった。アッシリアと良好な関係を確立することによって、アクバルのガラス製品の新しい市場を開拓できると、彼は踏んだのだった。さらに、たとえ彼らが戦争の準備のためにそこに駐屯していたとしても、アッシリア人は小都市は常に勝利を得るということを知っているはずだった。今度の場合、アッシリアの将軍たちが望んでいるのは、抵抗を受けずにここを通過して、フェニキアの富と知恵が集まっているシドンとツロに行くことだけなのだと、彼は考えていた。

偵察隊は谷間の入口に陣営を築き、少しずつ、援軍が到着し始めた。その理由は明白だと祭司長は主張した。この町には井戸があったが、これは、砂漠の中を数日間旅する間の、唯一《ただ》つの井戸だった。もし、アッシリア人がシドンとツロを征服するつもりならば、彼らは軍隊のために、この水を必要としていた。

最初の一ヵ月の終り頃、彼らを追い払うことはまだ可能だった。二ヵ月目の終り頃、アクバルはまだ、簡単に勝利を収めて、アッシリア軍の名誉ある撤退を協議することができた。

彼らは戦いが始まるのを待っていたが、一向に攻撃してくる様子はなかった。五ヵ月目の終りにもアクバルはまだ、勝つことができた。「相手はもうすぐ攻撃してくるだろう。水がなくて渇きに苦しんでいるだろうから」と知事は自分に言い聞かせた。そして司令官に、防衛戦略を練り、奇襲にそなえて訓練を続けるよう、命じた。

しかし、彼自身は和平の準備に専念し続けていた。

◆

半年がたったが、アッシリア軍は何の動きも見せなかった。アッシリア軍が陣を張った最初の数週間に高まったアクバルの緊張は、今や、ほとんど完全になくなっていた。人々は自分の生活に取り組んでいた。農民はまた畑に戻り、職人はワインやガラス製品やせっけんを作り、商人は商品を売り買いし続けた。みんな、アクバルは敵を攻撃しない、危機は話し合いによってすぐに解決できると、信じていた。知事は神によって選ばれたのであり、常に彼は最も賢明な決定を下すことができると、アクバルの人々は信じて疑わなかった。

エリヤが町にやって来た時、異邦人が災いをもたらしに来たという噂《うわさ》を広めるよう、知事は人々に命じた。戦争の脅威が避けられなくなった時、彼は災難をこの異邦人のせいにすることができるからだった。アクバルの住民は、イスラエル人の死によって、世界は再び正常に戻ると納得するだろう。そのあとで、知事は、アッシリア軍に撤退を迫るにはもう遅すぎると説明する。そして、エリヤを殺すように命じ、人民に対して、和平こそが最良の解決策であると説くのだ。彼の目算では、和平を望んでいる商人たちが、この案に賛成するように他の人々に働きかけるはずだった。

この数ヵ月間、彼は、すぐに攻撃を仕掛けるべきだと主張する祭司長と司令官の二人と、ずっと戦わなければならなかった。第五の山の神々は、これまで彼を一度も見捨てたことがなかった。そして今、昨晩の死者のよみがえりの奇跡によって、エリヤの命はもう殺せないほど、貴重なものになったのだった。

◆

「なぜ、この異邦人があなた方と一緒にいるのだ？」と司令官がたずねた。

「彼は神によって、力を与えられている」と知事が答えた。「だから、最良の解決策を見つけるために、我々を助けることになった」

彼は素早く話題を変えた。

「テントの数が、今日も増えたようだな」

「明日はもっと増えるだろう」と司令官が言った。「もし、偵察隊だけだった頃に攻撃していれば、彼らは多分、戻って来なかっただろうに」

「それは違う。何人かは逃げて、仕返しするために、戻ってきただろう」

「収穫を遅らせれば、果実は腐ってしまう」と司令官は言い張った。「同様に、我々が問題の解決を遅らせれば、問題はますます大きくなってゆく」

知事は、アクバルの人民が誇りとする平和は、ほとんど三百年間もフェニキアで続いていると力説した。この繁栄の時代を今、中断させることになれば、まだ生まれていない世代の人々は一体、自分のことを何と言うだろうか。

「彼らと交渉するために、使者を送りなさい」とエリヤが言った。「最もすぐれた戦士は、敵を友人に変える者です」

「彼らが何を望んでいるのか、我々は正確には知らない。我々の町を征服する望みを持っているかどうかさえ、わからないのだ。どうして交渉できようか？」

「これは威嚇のサインです。自分の国から遠く離れた場所で軍事演習を行なって時間を無駄にするようなことを、軍隊は行いません」

毎日、新たな兵士が到着した。そして、知事は彼ら全員のために必要な水の量のことを考えていた。間もなく、この町全体が敵軍を防御できなくなるだろう。

「今、攻撃できるのか？」と祭司長が司令官にたずねた。

「できる。多くの兵士を失うだろうが、町は救われるだろう。しかし、我々は急いで決めなければならない」

「それをしてはなりません、知事殿。第五の山の神々は私に、まだ平和的解決を探る時間があると言いました」とエリヤが言った。

祭司長とエリヤとの対話を聞いたあとでさえも、知事はまだ和平が可能だと思っていた。彼にとって、シドンやツロがフェニキア人に支配されようと、カナン人やアッシリア人に支配されようと、ほとんど何の関係もなかった。重要なことは、この町がその産物の販売を続けることができるかどうかだけだった。

「我々は今、攻撃を仕掛けなければならない」と祭司長は主張した。

「もう一日待とう」と知事が言った。「自然に解決するかもしれない」

知事は、アッシリアの脅威に対抗する最善の道を直ちに決めなければならなかった。彼は城壁から降りると、エリヤに一緒に来るように言って、宮殿へと向った。

その途中、彼はまわりの人々を観察した。羊の群を山へ連れてゆく羊飼い、畑へ急ぐ農民たち。彼らは自分と家族の食べる物を、乾燥しきった土から何とか作り出そうと努力していた。軍人たちは槍《やり》の訓練に励み、新たにやって来た数人の商人が広場で商品を広げていた。信じられないことに、アッシリア軍は谷間の端から端まで通じている道を封鎖してはいなかった。商人は未《いま》だに、商品を持って行き来しては、町に税金を納めていた。

「あれほど強力な軍隊を集めた今、なぜ彼らは道を封鎖しないのでしょうか?」とエリヤがたずねた。

「アッシリア帝国は、シドンやツロの港に着く品物を必要としているのだ」と知事が答えた。「商人は威嚇されると、商品の供給を止めてしまう。これは軍事的敗北よりも、もっと深刻な問題だ。戦争を避ける方法がどこかにあるはずなのだ」

「そうです」とエリヤは答えた。「もし彼らが水を欲しいのであれば、我々は水を彼らに売ることができます」

知事は何も言わなかった。しかし、このイスラエル人を、戦争を望む人々に対する武器として利用できることを、彼は知っていた。この男は第五の山の頂上に行き、神々と対決したのだ。そして、祭司長がアッシリア軍との戦いを主張し続けるならば、彼と対決できるのは、エリヤしかいないのだ。知事は一緒に散歩をしながら話そうと、エリヤに言った。

祭司長は城壁の上に立ったまま、敵を観察していた。

「侵略者を止めるために、神々は何ができるのだ？」と司令官がたずねた。

「私はいけにえを第五の山に持って行った。そして神々に、もっと勇気のある指導者を我々に下さるよう、お願いした」

「我々はイゼベルが行なったことをすべきだ。預言者たちを殺すのだ。あの卑しいイスラエル人は、昨日は死を宣告されたのに、今日は人々に和平をそそのかすために、知事に利用されている」

司令官は山を見あげた。

「我々はエリヤを暗殺することができる。そして、私の部下に、知事をその座から引きずり降ろさせよう」

「私がエリヤを殺せと命令しよう」と祭司長が答えた。「知事のことは、我々にはどうしようもない。彼の先祖は何代にもわたって、権力の座にあった。彼の祖父は我々の族長だった。彼はその息子に権力を引き渡し、息子は今の知事に、それを引き渡したのだ」

「我々がもっと優れた人間を権力の座につけるのを、なぜ、伝統は禁じているのだ？」

「伝統は、この世界の秩序を維持するためにある。我々がそれに手を出すと、世界それ自体が滅びてしまうだろう」

祭司長はまわりを見まわした。天と地、山と谷、すべては書かれたとおりだった。時には、地面が揺れることもあった。時には——今のように——ずっと雨が降らないこともあった。しかし、星はそれぞれの場所に、何物にも邪魔されずにあり続け、太陽が人々の頭上に落ちてくることはなかった。それはすべて、あの大洪水以来、創造の秩序を変えることは不可能だと、人が学んだからだった。

昔は、第五の山だけがあった。人も神も一緒に住み、天国の庭を散歩し、お互いに話したり笑ったりしていた。しかし、人間は罪を犯し、神は人間を追放した。彼らを送る場所がなかったので、神は山のまわりに地上を創造して人間をそこに追い出し、彼らを日夜、見張ることにした。そして、自分たちは第五の山の住人よりもずっと劣る段階に留《とど》まっているという事実を、人間に永久に忘れさせないようにしたのだった。

しかし、神は上に戻ってくる道を開いたままにしておいた。もし、人類が注意深くその道を辿《たど》ってゆけば、いつかは、山の頂上に戻って来るだろう。このことを忘れないように、人々の心にこの思いを生き続けさせる仕事を、神々は祭司や支配者に課したのだった。

すべての人々が、この信念を共有していた。もし、神々によって油を塗られた一族が権力の座から除かれるようなことがあれば、その結果は容易ならぬものとなるだろう。今となってはなぜ、その一族が選ばれたのか、誰も覚えていなかったが、彼らが聖なる一族と関係があることは、みんな知っていた。アクバルは何百年もの間、永らえてきたが、どんな出来事も常に、現在の知事の先祖によって執り行われてきた。町は何回となく侵略され、抑圧者や外国人の手に渡ったが、時がすぎると共に彼らは立ち去るか、または、追い出された。その後で、古い秩序が再び確立され、人々は以前と同じ生活に戻ったのだった。

祭司長の義務は、この秩序を保つことだった。この世界は運命を持っており、法によって治められていた。神々の心をおし測ろうとする時代はすぎた。今は、神々を敬い、神々の意志を実行する時だった。彼らは気まぐれで、怒りやすかった。

収穫祈願の儀式がなければ、地面は果実をもたらしはしないだろう。何かのいけにえを忘れたならば、町は致命的な疫病に襲われるだろう。天候の神が怒れば、小麦を枯らし、人の成長を止めてしまうだろう。

「第五の山を見よ」と祭司長は司令官に言った。「あの頂《いただき》から神々は谷間を支配し、我々を守っている。神々はアクバルのための永遠の計画を持っている。あの異邦人は殺されるか、自分の国へ戻るかするだろう。知事はいつかはこの世を去り、彼の息子は彼よりも賢くなるであろう。我々が今日体験したことは、すべて過ぎ去ってゆくのだ」

「我々は新しい族長を必要としている」と司令官が言った。「もし、今の知事に権力を持たせ続けるならば、我々は滅ぼされるだろう」

それがビブロス文字を消滅させるために神の望むところであることを、祭司長は知っていた。しかし、彼は何も言わなかった。そして、意図してのことかどうかはともかく、支配者は常に世界の運命を成就するという確証をまたしても得たことに、喜びを感じていた。

◆

知事と共に町の中を歩きながら、エリヤは彼に和平のための計画を説明した。そして知事の相談役に任命された。二人が広場に着くと、沢山の病人が近づいて来た。しかしエリヤは、第五の山の神々に癒《いや》しを行うことを禁じられていると、彼らに説明した。その日の午後遅く、彼はやもめ女の家に帰って来た。子供は道路で遊んでいた。エリヤは主の奇跡の道具であったことに感謝した。

女は夕食を用意して、彼を待っていた。驚いたことに、机の上にはぶどう酒があった。

「人々があなたを喜ばせるために、贈り物を持って来たのです」と女は言った。「そして、私のあなたに対する不当な行いを、どうぞお許し下さい」

「不当な行い？」びっくりしてエリヤはたずねた。「すべてが神の計画の一部であるのがわからないのですか？」

女はにっこりした。彼女の目が輝きを増し、エリヤは初めて、彼女の美しさに気がついた。彼女はエリヤよりも、少なくとも十歳は年上だったが、その瞬間、彼は彼女に対して非常にやさしい気持を感じた。エリヤはそのような気持に慣れていなかった。そのために、とてもこわくなった。彼はイゼベルの目と、アハブの宮殿を出る時の自分の望み――レバノンの女性と結婚したいと思ったことを思い出した。

「私の人生は無益なものでしたが、少なくとも息子はいます。そして、息子の物語は人々の心に残るでしょう。あの子は死者の王国から戻って来たのですから」と女は言った。「あなたの人生は無益ではありません。私は主に命じられてアクバルへ来ました。そしてあなたは私を泊めて下さったのです。もし、あなたの息子の物語が人々の心に残るとすれば、あなたの物語もきっと、残ることでしょう」

女は二つの器にぶどう酒を満たした。二人は沈みゆく太陽と天の星のために乾杯した。

「あなたは遠い国から、神の導きに従ってやって来ました。私はその神を知りませんでしたが、今、その神は私の主となりました。私の息子もまた、ずっと、かなたの地から戻って来ました。息子は孫たちに美しい物語を語って聞かせることでしょう。祭司たちは彼の言葉を忘れずに、未来の世代の人々に伝えてゆくことでしょう」

町の人々は、自分たちの過去、勝利の戦い、古代の神々、血をもって国を守った戦士たちのことなどを、祭司たちの記憶を通して知っていた。過去の出来事を記録する新しい方式がすでにあるにもかかわらず、アクバルの住民は祭司たちの記憶だけを信頼していた。誰でも好きなことを書くことができたのに、祭司たちによって、記憶されなかったことは、完全に忘れ去られていた。

「では、私は何を語ればいいのですか？」エリヤがすぐに飲みほした器にぶどう酒を満たしながら、女が言った。「私にはイゼベルの強さも美しさもありません。私の人生は他の人々と同じです。子供の時に父と母によって取り決められた結婚、家事、休日の礼拝、いつも他のことで忙しい夫。夫が生きていた時、私たちは大切なことを、一度も話し合ったことがありませんでした。彼は自分の商売に夢中でした。私は家事をしました。それが、私たちにとって一番良かった数年間の過ごし方でした。

夫の死後、私には貧困と息子を育てることの他、何も残りませんでした。息子は大人になれば海に出てゆき、私はもう、誰にとっても大切ではなくなるでしょう。私は憎しみも怒りも感じません。ただ自分がいかに無益か、感じているだけです」

女はまた、器を満たした。彼の心が警戒信号を出し始めた。彼はこの女のそばにいることを、楽しんでいた。彼の心臓に矢を向けているアハブの兵士の前に立っているよりも、愛はもっと恐ろしい体験であった。矢が当たれば、死ぬ。そして、あとは神のおぼし召しがある。しかし、愛に打たれてしまったら、その結果に自分で責任を持たなければならないのだ。

「私はずっと、愛を欲しがっていた」とエリヤは思った。そして今、それは彼の目の前にあった。疑う余地もなく、愛はそこにあった。そこから逃げなければよいだけだった。彼のただ一つの望みは、できる限り、愛を忘れることだった。

エリヤの思いは、ケリテ川のほとりで逃亡生活をしたあとでアクバルに辿り着いた日へと、戻っていった。彼は余りに疲れて喉《のど》が渇いていたので、失神からさめて、女が彼のくちびるの上に水をたらしているのに気がついた時以外は、何一つ憶《おぼ》えていなかった。彼の顔は女の顔のすぐそばにあった。それまでの人生で、あれほど女性に近づいたことはなかったほどだった。その時エリヤは、女がイゼベルと同じ緑色の目を持っていても、その目は違う光をたたえているることに気がついていた。それは、杉の木の緑色と、夢には見てもまだ見たことのない大海原の色、そして、なぜか、女の魂そのものを映し出しているように思えた。

「このことを彼女に何としても伝えたい」と彼は思った。「でも、どう言えばよいのか、わからない。神の愛について話す方が、ずっとやさしい」

　エリヤはまた、ぶどう酒を飲んだ。女は何か、彼の気に入らないことを自分が言ってしまったと思って、話題を変えることにした。

「第五の山にあなたは登ったのですか？」と彼女はたずねた。

　彼はうなずいた。

　上の方で何を見たのか、どうして天の火を逃れることができたのか、彼女は聞きたかった。しかし、エリヤはそのことは話したくない様子だった。

「あなたは預言者なのです」と女は心でつぶやいた。「私の心を読んで下さい」

　このイスラエル人が彼女の人生に現れて以来、すべてが変ってしまった。貧困でさえも以前より耐え易くなった。今まで一度も感じたことのないもの――愛――を、この異邦人が彼女の中に目覚めさせたからだった。息子が病気になった時、エリヤがこの家に住み続けられるように、女は近所のすべての人々と戦ったのだった。

　彼にとって、この空の下で起る何ものよりも主が大切であることを、女は知っていた。そして、自分の夢が叶《かな》わぬ夢であることにも気がついていた。なぜならば、自分の前にいる男は、いつでもここから立ち去ることができるからだった。そして彼はイゼベルを殺し、二度と再びここへ戻っては来ないだろう。

それでもなお、彼女はエリヤを愛し続けることだろう。人生で初めて、自由を知ったからだ。彼が気づかなくても、彼を愛することができた。彼の許しを得ずに、彼を懐かしみ、一日中彼を思い、夕飯に彼が帰って来るのを待ち、人々がこの異邦人に対して企《たくら》む策略を心配することができた。

他の人々の意見を気にせずに、自分の心が望むことを感じる——それこそが自由だった。彼女は近所の人々や友だちと、異邦人を家に泊めることについて、けんかをしてきた。でも自分自身と戦う必要はなかった。

エリヤは少しぶどう酒を飲むと、言い訳をして自分の部屋に戻った。女は家の外に出て、家の前で遊んでいる息子を嬉《うれ》しそうにながめた。そして、少し散歩することにした。女は自由だった。なぜなら、愛が彼女を解き放ったからだった。

◆

エリヤは長い時間、自分の部屋の壁をじっと見つめていた。ついに、彼は天使を呼び出すことに決めた。

「私の魂は危険にさらされています」

天使は無言だった。エリヤは会話を続けるかどうか迷ったが、もう遅すぎた。理由なしに、天使を呼び出すことはできないからだった。

「あの女性と一緒にいると、気分が良くありません」

「まったくその逆なのに」と天使が答えた。「そして、それでお前は心配しているのだ。お前は彼女を愛するようになったのだ」

エリヤは恥かしく思った。天使が自分の魂を知っているからだった。

「愛は危険です」と彼は言った。

「そう、とても」と天使は答えた。「だから？」

天使は急に消えてしまった。

エリヤの魂を苦しめている疑問を、天使は理解できなかった。そう、エリヤは愛が何か、知っていた。シドンの王女、イゼベルに心を奪われたが故に、イスラエルの王が主を捨てるのを、彼は見た。ソロモン王は異国の女性のために、もう少しで王位を失うところだった。ダビデ王は、親友の妻と恋に落ち、その親友を死に追いやった。デリラのために、サムソンは捕えられ、ペリシテ人の手で目をえぐり取られた。

愛が何か、どうして知らずにいられようか？　歴史は悲劇的な話に満ちていた。そして聖書の話を知らないとしても、待ちわびて苦しみ続ける長い夜をすごした友人や、友人の友人についての話は、彼も知っていた。もし、イスラエルに妻がいたとしたら、主が命じた時に国を離れるのは、彼にとって困難であっただろう。そして、今頃はすでに死んでいただろう。

「私は無駄な戦いをしている」と彼は思った。「愛はこの戦いに勝つだろう。そして、私は彼女をこれからずっと、愛するだろう。主よ、あの人に私が彼女を愛していると告げずにすむように、私をイスラエルに送り帰して下さい。なぜならば、彼女は私を愛してはいないからです。そして、自分の心は英雄であった夫の体の傍らにあると、私に告げるに違いないからです」

次の日、エリヤは再び司令官に会い、さらに多くのテントが作られたことを知らされた。

「現在、兵士の人数はどれぐらいですか？」と彼がたずねた。

「イゼベルの敵には一切、情報を与える気はない」

「私は知事の相談役です」とエリヤが答えた。「昨日の午後、知事は私を補佐に任命しました。あなたはこのことを知らされているでしょう。ですから、私に答える義務があります」

司令官はこの異邦人にとどめを刺したいという、強い衝動を感じた。

「アッシリア軍は、我々一人に対して二人の割合でいる」と彼はやっと返事をした。

エリヤは、敵がもっとずっと沢山の兵力を必要としているのを知っていた。

「和平交渉を始める理想的な瞬間に、我々は近づきつつあります」と彼は言った。「彼らは我々が寛大であり、より良い状態を作り出すつもりであることを理解するでしょう。将軍であれば誰でも、町を征服するためには、守備隊の五倍の兵員が必要であることを、知っているはずです」

「今、我々が攻撃しなければ、彼らはすぐに、その数に達するだろう」

「彼らの供給線をすべて使っても、それほど多くの人間のために必要な水はないでしょう。そうなれば、我々の代表団を送るチャンスがやって来ます」

「それはいつだ?」

「もう少し、アッシリアの兵士の数が増えるままにするのです。状況が耐え難くなれば、彼らは攻撃せざるを得なくなります。しかし、兵力の比率が我々の一に対して三か四では、自分たちが負けることを彼らは知っています。その時に、我々の代表が和平と安全な通行路と水の販売を申し出るのです」

司令官は何も言わずに異邦人を去らせた。エリヤを殺したとしても、まだ知事はこの案を主張できるのだ。状況がそこまで行ったならば、知事を殺して、そのあと自分も死のうと彼は自分に誓った。神の怒りを自分の目で見たくないからだった。

それにもかかわらず、どんなことがあろうと、町の人々が金のために身を滅ぼすのを許すつもりはなかった。

◆

「主よ、どうぞ私をイスラエルの地にお戻し下さい」谷間を歩きながら、エリヤは毎日神に呼びかけた。「私の心をアクバルにつなぎとめないで下さい」

子供の頃に知っていた預言者をまねして、やもめ女のことを考えるたびに、彼は自分をむちで打ち始めた。彼の背中は赤むくれになり、二日間、高熱で寝込み、うわ言を言い続けた。目が覚めた時、最初に彼が見たものは女の顔だった。彼女は軟膏《なんこう》とオリーブ油で、彼の傷の手当をした。エリヤが階段を下りられないほどに弱っていたので、女は食事を彼の部屋に運んだ。

元気になるとすぐ、エリヤはまた、谷間を歩き始めた。

◆

「主よ、私をイスラエルの地にお戻し下さい」と彼は言った。「私の心はアクバルに捕えられています。しかし、私の体はまだ、旅を続けることができます」

天使が現れた。それは山頂で見た主の天使ではなく、エリヤを常に見守っている守護天使だった。今では、彼はこの天使の声をよく知っていた。

「主は、憎しみを棄てるために祈る者の声は聞き届ける。しかし、愛から逃げようとする者に対しては、聞く耳を持たないのだ」

◆

毎晩、三人は一緒に食事をした。主が約束したように、樽《たる》の中に小麦粉は絶えず、びんの中に油がなくなることはなかった。

三人は食事の間、めったに話をしなかった。

「預言者って、何？」

「子供の時に聞いた声と同じ声に、耳を傾け続けている人のことだ。そして、その声をまだ信じている人だよ。こうして、彼は天使の考えがわかるのだ」

「うん、あなたの言っていること、僕はわかります」と少年が言った。「僕には、他の人には見えない友だちがいるから」

「その友だちを忘れてはいけないよ。たとえ、大人たちがそんなことは馬鹿げていると言ったとしてもね。そうすれば、君はいつも神の意志がわかるだろう」

「僕は、バビロンの預言者のように、未来を見たいのです」

「預言者は未来のことはわからない。彼らはただ、その時に主が彼らの中に吹き込んだ言葉を、人々に伝えるだけだ。いつ、自分の国に帰るのか知らずに私がここにいるのも、そのためなのだ。必要になるまでは、主は私に言っては下さらないのだよ」

女の目が悲し気に曇った。そう、いつか彼は行ってしまうのだ。

◆

エリヤはもはや、神に呼びかけなくなった。アクバルを去る時が来たら、やもめ女とその息子を一緒に連れてゆこうと決心したのだった。しかし、その時が来るまで、二人には何も言わないつもりだった。

多分、女はここを離れたがらないだろう。おそらく、女は、エリヤの彼女に対する気持に、気づいていないに違いない。彼自身が、自分の気持をわかるのに、あんなに長くかかったのだから。万一、彼女が断ったとしても、その方が良いのだ。そうなれば、自分はイゼベルの追放とイスラエルの再建に、全力を尽すことができるのだ。その仕事に夢中になって、愛のことなど考える暇がないだろう。

「主は私の羊飼いです」ダビデ王の古い祈りの言葉を思い出して、彼は言った。「主は私の魂を生き返らせた。そして静かな水辺へと、私を導いた。

そして、主は、私に人生の目的を忘れさせはしないだろう」彼は自分の言葉で、こう結論を下した。

◆

ある日の午後、エリヤがいつもより早く帰ってくると、女が家の戸口にすわっていた。

「何をしているのですか？」

「何もすることがないのです」と彼女が答えた。

「では、何かを習いなさい。今、沢山の人々が、生きるのをやめています。この人たちは怒りもせず、泣きもせずに、ただ、時間がすぎるのを待っているだけです。人生の挑戦を彼らが受け止めようとしないので、人生はもはや、彼らに挑戦しようとしません。あなたも、その危険をはらんでいます。人生に反応し、たち向いなさい。生きるのをやめてはいけません」

「私の人生は今、意味を持ち始めました」うつむいたまま、彼女は言った。「あなたがここへいらしてからのことです」

◆

ほんの一瞬、エリヤは、女に向って心を開きかけた自分を感じた。しかし、危険を冒すまいと決めた。彼女は何か他のことについて言ったに違いないと思うことにした。

「何かやり始めなさい」話題を変えて彼は言った。「そうすれば、時間は敵ではなく、味方になるでしょう」

「でも、何を習えばいいのでしょうか？」

エリヤはしばらく考えていた。

「ビブロスの書き方です。いつか旅をしなければならない時に、役に立ちます」

女は身も心も、その勉強に捧《ささ》げようと決心した。アクバルを離れることなど、一度として考えたことはなかったが、その言い方からすると、エリヤは彼女を一緒に連れて行こうと考えているのかもしれなかった。

またしても、女は自由を感じた。そして、朝、目を覚ますと、ほほ笑みを浮べて町の通りを歩いた。

「エリヤはまだ生きている」二ヵ月後、司令官が祭司長に言った。「あなたはまだ、彼を殺せないのだな」

「アクバル中を探しても、その仕事をやろうという者はいない。あのイスラエル人は、病人を慰め、囚人を訪ね、飢えた人々を養っている。近所の者と問題が起ると、みな彼を呼んで、その判断をあおいでいる。彼の判断は公正だからだ。それに、知事は彼を利用して、町の人々の間で自分の地位を固めている。だが誰もそれに気がついていないのだ」

「商人は誰一人として、戦いを望んではいない。もし、和平の方が良いと人々を説得できるほどに、知事が住民の間で人気を得ることになれば、我々はアッシリア軍を追い出すことは絶対にできなくなるだろう。エリヤをすぐに殺さねばならない」

祭司長は第五の山を指さした。その頂《いただき》は、いつものように雲に隠れていた。

「神は、自らの国が異国の力によって侮辱されるのを許しはしないだろう。彼らは行動を起すだろう。何かが起って、我々にチャンスがめぐってくるだろう」

「どんなチャンスなのだ?」

「私は知らない。しかし、私はその徴候に注意し続けるつもりだ。アッシリア軍について、これ以上、彼らに真実の情報を与えてはならない。聞かれた時には、ただ、敵と我が軍の兵数は四対一の割合だと言いなさい。そして、兵士の訓練を続けるのだ」

「なぜ、そうするのだ？　もし、彼らが五対一の比率になれば、我々は負けてしまう」

「違う。我々は均衡状態になるのだ。戦いが始まっても、お前は力の劣る敵と戦うことにはならない。だから、弱者をいじめた卑怯者《ひきょうもの》だと言われずにすむだろう。アクバル軍は自らと同じぐらい強い敵と対決するのだ。そして、戦いに勝つだろう。なぜなら、司令官が正しい戦略を用いるからだ」

虚栄心をくすぐられて、司令官はこの提案を呑《の》んだ。そして、その時から、彼は知事にもエリヤにも、情報を知らせなくなった。

さらに二ヵ月がすぎ、ある朝、アッシリア軍はアクバル兵一人に対して五人の兵士の割合に達した。彼らは、いつ攻撃してもいい準備を整えたのだった。

しばらくの間、エリヤは司令官が敵の勢力について、うそをついているのではないかと、疑っていた。しかし、これもまた、エリヤにとって都合のいいことかもしれなかった。兵力の比率が限界点に達すれば、人々に和平が唯一の解決策であると説得するのは、もっと簡単になるのだ。

◆

彼は広場へと向いながら、こうしたことを考えていた。一週間に一度、彼は広場で、町の住民の争いごとの相談にのっていた。大体は、どの問題もささいなことばかりだった。近所同士のけんか、税金を払いたがらない老人たち、取引でだまされたと思っている商人たちだった。

知事がそこにいた。仕事中のエリヤを時々見に来るのは、彼の習慣となっていた。エリヤの知事に対する不信感は、すっかり消えていた。エリヤは、知事が知恵のある人であり、問題が起る前に、それを解決しようとしていることを発見した。しかし、彼は神を知らず、死をひどく怖《おそ》れていた。何回か、彼は法律の施行に関して、エリヤの意見を聞き入れた。また、最初、知事の決定に反対していたエリヤが、あとになってその決定が正しかったことに気づくこともあった。

アクバルは、フェニキアの新しい町のモデルになりつつあった。知事はより公平な税制を作り、町の道路を改良し、商品にかけた関税からあがる利益を、巧みに管理した。一度、エリヤは知事に、ぶどう酒とビールの消費を禁ずるように進言したことがあった。彼が調停に呼ばれる事件の多くは、酔払いによる乱暴がからんでいたからだった。しかし、そのような事があるからこそ、この町はすばらしいと思われているのだと、知事は言った。伝統によれば、一日の仕事が終ったあとで人々が楽しむのを見て、神々は喜び、酔払いを守ってくれるのだと言われているからだった。

さらに、この地方は世界で最も上質のぶどう酒を産出する土地の一つとして、評判が高かった。もし、この地の住民がぶどう酒を飲まなかったら、異国の人々は疑問に思うだろう。エリヤは知事の決定を尊重し、幸せな人々はより多くを生産する、という説に同意したのだった。

「お前はそんなに努力する必要はない」エリヤが一日の仕事を始める時に、知事は彼に言った。「相談役は政府に自分の意見を述べるだけでいいのだ」

「私は自分の国に戻りたいのです。何かやっている間は、私は自分が役に立っていると感じ、異邦人であることを忘れていられるのです」とエリヤは答えた。

「そして、彼女に対する愛をうまく抑えることもできる」と彼は秘《ひそ》かに思っていた。

◆

エリヤによる民間法廷は、好奇心旺盛《おうせい》な人々の関心を引き、大勢の人々が集まり始めた。もう畑に出て働くことのできない老人たちは、エリヤの決定に拍手したり、意見を言ったりしにやって来た。他の人々は、そこで議論される問題に直接関わりを持つ者たちだった。ある者は被害者であり、ある者はそこから何か利益を得ようと狙《ねら》っている者たちだった。さらに、仕事がなくて時間を潰《つぶ》さなければならない女たちや子供も沢山いた。

エリヤは朝の法廷を始めた。最初の問題は、エジプトのピラミッドの下に宝物が埋められている夢を見て、お金を必要としている羊飼いの件だった。エリヤはエジプトに行ったことはなかったが、そこがとても遠いことは知っていた。そして、必要な手段を見つけるのは難しいだろうが、夢を叶《かな》えるために羊を売ることにすれば、きっと探しているものは見つかるだろうと、羊飼いに言った。

次はイスラエルの魔術を習いたいという女だった。エリヤは、自分は教師ではなく、預言者にすぎないと答えた。

次は、ある農夫が、別の男の妻をののしったという事件だった。その解決法を議論していると、一人の兵士が群衆の間をかきわけて、知事に近づいた。

「警備兵がスパイを捕えました」汗びっしょりの姿で、彼は言った。「ここに連れて来ます」

動揺が人々の間を走った。その類《たぐい》の裁判を目撃するのは、彼らにとって初めてのことだった。

「死刑だ！」と誰かが叫んだ。「敵に死を与えよ！」

そこにいるすべての人々がその声に同意し、叫び声をあげた。一瞬のうちに、この知らせは町中に広まり、広場は人々で一杯になった。他の件を裁くことは、もう不可能だった。ひっきりなしに、誰かがエリヤに声をかけては、異邦人はすぐにここに連れて来られるのかどうか、たずねた。

「私はそのようなことを裁くことはできません」と彼は言った。「それはアクバルの政府の仕事です」

「どうして、アッシリア人はここに来たのだ?」と一人の男が言った。「何世代にもわたって、我々が平和に暮していることが、彼らにはわからないのだろうか?」

「なぜ、彼らは我々の水を欲しがるのだろうか?」と別の男が叫んだ。「なぜ、彼らは我々の町を脅すのだ?」

何カ月もの間、人前で敵の存在について話す者は、誰一人いなかった。誰もが地平線に絶えず数を増してゆくテントに気づいていた。商人は今すぐ、和平の交渉を始める必要があると主張したが、アクバルの住民は、自分たちが敵の侵略の危険にさらされているとは、思ってもいなかった。取るに足りない部族の一時的な侵入を除けば、戦争は祭司たちの記憶の中にしか存在しなかった。祭司たちはエジプトと呼ばれる国の話を語った。その国に戦争のための馬や馬車があり、動物の姿をした神々がいるそうだった。しかし、それもずっと昔の出来事だった。エジプトはもはや重要な国ではなく、褐色の肌と奇妙な言葉の戦士たちは、自分の国へと戻っていた。今では、シドンとツロの住民が海を支配し、世界中に新帝国を拡大していた。そして彼らは経験豊かな戦士でもあった。それは、貿易という、新しい形の戦争を発達させたからだった。

「なぜ人々はあわてているのだろうか？」と知事がエリヤにたずねた。

「何かが変ったと感じているからです。私たちは二人とも、これからは、アッシリア軍がいつ攻撃をしてくるかわからないと知っています。あなたも私も、司令官が敵の部隊の数について、うそをついているのを知っているのです」

「しかし、彼は誰かにそのことを話すほど、狂ってはいまい。そんなことをすれば、恐怖をまき散らすことになる」

「危険にさらされた時は、誰でもそれを感じるものです。おかしな反応を示し始め、予兆を感じ、空気の中に何かを感じ取り始めるのです。そして、自分をあざむこうとします。自分はとてもその状況に対決することはできないと、思い込んでいるからです。彼らは今の今まで、自分をだまそうとしてきました。しかし、真実を直視しなければならない瞬間がやって来たのです」

祭司長がやって来た。

「宮殿に行き、アクバルの議会を開こう。司令官も宮殿に向っている」

「そうしてはいけません」とエリヤが小声で知事に言った。「彼らはあなたに、あなたがやりたくないことを強要するでしょう」

「我々は行かねばならない」と祭司長がまた言った。「スパイが捕えられたのだ。緊急の対策を立てなければならないのだ」

「人々の目の前で決めて下さい」とエリヤが小声で言った。「彼らがあなたを助けてくれるでしょう。みんなの望みは、口では戦争を求めていても、実は和平なのです」

「司令官をここに呼べ」と知事が命じた。群衆は嬉しそうに叫んだ。初めて、彼らは議会の秘密会を目撃できるのだ。

「それはだめだ！」と祭司長が言った。「これは微妙な問題だ。冷静に落ち着いた場で、決めなければいけない」

何人かが、あざけりの声をあげ、沢山の人々が抗議した。

「彼をここに連れて来なさい」と知事はくり返した。「彼の裁判はこの広場で、人々の前で行う。我々はみんなで、アクバルを繁栄する町にした。だから我々はみんなで我々を脅かす者すべてを、裁くことにしよう」

この決定は拍手喝采《かっさい》で迎えられた。一団の兵士が、血まみれになった半裸の男を引きずってきた。男はここに来る前に、すでにひどくなぐられたに違いなかった。

あらゆる音がやんだ。重い沈黙が群衆を包んだ。広場のもう一方の隅から、遊んでいる子供たちの声と豚の鳴き声が聞こえた。

「なぜ、お前たちはこのようなことを捕虜に対して行なったのだ？」と知事は叫んだ。

「この男が抵抗したからです」と衛兵の一人が答えた。「自分はスパイではない。知事に話をしに来たと、この男は言いました」

知事は宮殿から、いすを三脚持って来るように命じた。知事がアクバルの議会に出席する時に必ず身につける判事のガウンを持って、彼の従者が現れた。

知事と祭司長がいすにすわった。三番目のいすは、まだ到着していない司令官のためのものであった。

◆

「アクバルの議会法廷の開会を、ここにおごそかに宣言する。長老の方々はもっと近くへ」

老人の一団が近づいて、いすのまわりに半円を作った。これが長老たちの委員会だった。過ぎ去った昔、彼らの意見は尊重され、遵守された。しかし、今では、このグループの役目は、儀礼的なものにすぎなかった。支配者が決めたことをそのまま承認するために、彼らは出席しているだけだった。

第五の山の神々に祈りを捧《ささ》げ、古代の英雄たちの名前を読み上げる儀式のあと、知事は捕虜に向って話しかけた。

「お前は何を望んでいるのだ？」

男は答えなかった。彼は、知事をまるで同等であるかのように、平然と見つめていた。

「お前は何を望んでいるのだ？」と知事がまたくり返した。

祭司長が知事の腕にさわった。

「通訳が必要だ。この男は我々の言葉がわからないらしい」

命令が下され、衛兵の一人が、通訳のできる商人を探しに行った。商人がエリヤの集まりに出てくることはなかった。彼らは常に、商売と利潤の計算で忙しかったからだ。

通訳の到着を待つ間、祭司長が小声で言った。

「彼らが捕虜をなぐったのは、こわかったからだ。私にこの裁判はまかせて、あなたは黙っていて欲しい。パニックが起れば、人々はみな攻撃的になる。我々は権威を示さなければならない。それでなければ、この状況を統制できなくなってしまうだろう」

知事は返事をしなかった。彼もまた、こわがっていた。彼は目でエリヤの姿を探したが、見あたらなかった。

商人が衛兵に無理矢理、連れて来られた。自分にはやらねばならない仕事が沢山ある、法廷は自分の時間を浪費するだけだと、彼は文句を言った。しかし、祭司長は厳しい顔で、おとなしく通訳をするようにと命じた。

「お前はここで何が欲しいのだ?」と知事がたずねた。

「私はスパイではない」と男が答えた。「私は軍隊の将軍だ。お前と話をするためにやって来たのだ」

その時まで、水を打ったように静かだった聴衆が、その言葉が訳されるやいなや、悲鳴をあげ始めた。人々はそれはうそだと叫び、今すぐ死刑に処するよう、要求した。

静かにするよう命じたあと、祭司長が捕虜に向って言った。

「お前は何を言いたいのだ?」

「知事は賢い人であると聞いている」とアッシリア人が言った。「我々はこの町を滅ぼしたいとは思っていない。我々の関心はシドンとツロにある。しかし、アクバルはそこへの道の途中にあり、谷間を支配している。あなた方と、戦わざるを得なくなれば、我々は時間と兵力を消耗してしまう。私は条約締結を申し入れに来たのだ」

「この男は真実を語っている」とエリヤは思った。彼は、一団の兵士に自分が取り囲まれているのに気づいていた。そのために、知事がすわっている場所は、彼からは見えなかった。「この男は我々と同じように考えている。主は奇跡を行い、この危機的状況に終りをもたらすだろう」

祭司長が立ち上って、人々に向って叫んだ。

「見たか？　彼らは戦いもせずに、我々を滅ぼそうとしているのだ」

「続けろ」と知事が捕虜に言った。

しかし、祭司長がまた、口を差しはさんだ。

「我々の知事は善人であり、人の血を流すことを望んでいない。しかし、我々は戦争状態にいる。そして、我々の前にいる捕虜は敵なのだ！」

「そのとおりだ！」群衆の中の何人かが叫んだ。

エリヤは自分の誤ちに気がついた。知事がただ、公平であろうと努めている間に、祭司長は群衆を扇動していた。彼はもっと知事の近くに行こうとしたが、後ろに押し戻された。兵士の一人が彼の腕を摑《つか》んだ。

「ここにいるんだ。どうせ、これはお前が言いだしたことではないか」

エリヤは後ろを見た。司令官だった。そして彼は顔に笑みを浮べていた。

「我々はいかなる申し出にも、耳を傾けてはならない」と祭司長は続けた。彼の情熱はその言葉と仕草に溢《あふ》れ出ていた。「もし、我々が喜んで交渉に応ずる姿勢を見せれば、それは同時に、我々が恐れていることを示すことになろう。アクバルの住人は勇敢である。そして、いかなる侵略にも抵抗する手段を持っているのだ」

誰かが叫んだ。

「いや、この捕虜は和平を求めている」群衆に向って知事が言った。

「商人は和平を求めている。祭司長は和平を望んでいる。知事は和平を管理する。しかし、軍隊はただ一つのことだけを欲している。戦争だ！」

「かつてイスラエルが仕掛けた宗教的脅迫に、我々は戦争をせずに対決したことがあるのを忘れたのか？」と知事が大声で言った。「我々は陸軍も海軍も送らずに、イゼベルだけを送った。戦場で一人たりとも我が方の犠牲者を出さずに、今、彼らはバアルを信仰しているではないか」

「彼らは美しい女性を送っては来なかった。彼らは兵士を送って来たのだ！」もっと大きな声で祭司長が叫んだ。

人々はアッシリア人の死を要求した。知事は祭司長の腕を摑んだ。

「すわれ」と知事は言った。「お前はやりすぎている」

「公開裁判を主張したのはお前だ。というよりは、あのイスラエル人の裏切り者の考えだった。あいつはアクバルの支配者の行動を、意のままに動かしているようだな」

「彼のことは後で片づけよう。今、我々はこのアッシリア人が何を望んでいるか、見定めねばならない。多くの世代にわたって、人間は自分の意志を力によって押しつけようとした。彼らは自分の望みを語りはしたが、人々が何を考えているか、気にもとめなかった。そして、こうした帝国はすべて、滅亡した。いかに人の話を聞くかを学んだがゆえに、我々の民は成長した。これが我々が貿易を発展させた方法なのだ。つまり、他の人々が何を望んでいるかに耳をすまし、彼を満足させるためにできることを何でも行うのだ。その結果が利潤なのだ」

祭司長はうなずいた。

「お前の言葉はいかにも賢く聞こえる。そして、それが最も危険なことなのだ。もし、お前が愚かなことを話すならば、お前が間違っていることを証明するのは簡単だ。しかし、今、お前が言ったことは、我々を危険に陥れるだけだ」

最前列にいた人々は、この議論を聞いていた。これまで知事は常に議会の意見を求め、アクバルはすばらしい評判を勝ち得ていた。シドンやツロから、この町の治め方を見に、代表団がやって来るほどだった。その名は皇帝の耳にさえ入っていた。あと少し好運に恵まれれば、知事は宮廷の大臣として、一生を終えることができるかもしれなかった。

今、知事の権威は公衆の面前で挑戦を受けていた。決定を下さなければ、彼は人々の尊敬を失い、誰も彼に従わなくなって、これから先、重要な決定を下すことができなくなるだろう。

「続けなさい」祭司長の怒りのまなざしを無視して、知事は通訳に捕虜に向けた質問を訳すように要求した。

「私は条約を提案しに来た」とアッシリア人は言った。「我々の通行を許して欲しい。そうすれば我々はシドンとツロへと進撃する。この二つの都市を占領したあと、我々はアクバルを寛大に扱おう。そして、お前をそのまま、知事に任命しよう。我々は必ずシドンとツロを占領する。彼らの戦士の大部分は、商売に夢中で、船に乗っているからだ」

「聞いたか？」祭司長が再び立ち上って言った。「彼らは我々の知事が、アクバルの名誉を己れの権力と引き換えにすると思っているのだ」

沢山の人々が怒りの声をあげ始めた。この半裸の傷ついた捕虜は、この町を支配したがっているのだ。この捕われた男は、この町に降伏せよと言っているのだ！　何人かの男たちが走りよって、彼を襲おうとした。必死の力で、衛兵は何とか男たちを抑えることができた。

「待て！」大騒ぎの中で声を張りあげながら、知事が言った。「我々の前にいるこの無防備な男は、我々の恐怖をあおりたてることはできない。我々の軍隊はすでに戦いの準備を整えている。また、我々の戦士の方が勇敢なこともわかっている。それは証明するまでもないことだ。戦うと決めたならば、我々は必ず戦いに勝つだろう。しかし、損失は巨大なものになるだろう」

エリヤは目を閉じて、知事が住民を説得できるようにと祈った。

「我々の先祖はエジプト帝国について話してくれた。しかし、その帝国も今はない」知事はさらに続けた。「今や、我々は最盛期に再び戻りつつある。我々の父たち、そのまた父たちは平和のうちに生活することができた。なぜ、我々はこの伝統を破らなければならないのか？　現代の戦争は戦場ではなくて、商業によって行われるのだ」

少しずつ、群衆は静まっていった。知事はうまくやっていた。

静けさが戻ると、彼はアッシリア人に向きなおった。

「お前の提案は不十分だ。我々の領土を横切るためには、お前たちは商人と同じように、税金を払わなければならない」

「知事よ、私の言うことを聞け。アクバルには選択の余地はない」と捕虜が答えた。「我々は、この町を破壊し、住民をみな殺しにするのに十分な兵力を持っている。お前たちは長い間平和にすごしてきたので、戦い方を忘れている。一方、我々は世界中を征服してきたのだ」

群衆の中に、再びささやき声が聞こえ始めた。エリヤは思った。「今、知事が、その優柔不断な態度を見せたら、おしまいだ」しかし、捕えられているにもかかわらず、自分の条件を押しつけようとするこのアッシリア人の扱いは、極めて難しかった。時間がたつにつれ、ますます沢山の人々が集まって来た。エリヤは、商人が仕事場を捨て、この出来事の成り行きを心配して、群衆に加わっていることに気がついた。裁判は危険な様相を帯び始めた。もはや、交渉か死か、その決定を避ける道はなかった。

◆

見物人たちは二派に分かれ始めた。和平を弁護する者がいる一方、他の者たちは、アクバルがあくまで抵抗するように要求した。知事が祭司長にささやいた。

「この男は公衆の面前で私に挑戦した。お前も私に挑戦しているようだな」

祭司長は知事の方に向きなおった。そして他の人たちに聞こえないように小声で、今すぐ、アッシリア人に死を宣告するようにと迫った。

「私はお前に頼んでいるのではなく、要求しているのだ。お前を権力の座にいさせているのは私だ。そして、私が望めば、いつでもお前をやめさせることができるのだ。わかったか？　支配者一族を変えた時に、神の怒りを鎮めるためのいけにえの捧《ささ》げ方も、私は知っている。これは以前にもあったことだ。何千年も続いたエジプト帝国でさえ、何回も王朝は変っているのだ。それでも宇宙は秩序を保ち続け、天が我々の頭上に落ちて来ることもなかった」

知事は真っ青になった。

「司令官は何人かの部下と共に、群衆の中にいる。もし、お前がこの男との交渉をあくまで主張するならば、私は、神がお前を見捨てたと、人々の前で宣言する。そして、お前を退陣させるつもりだ。さあ、裁判を続けよう。私の言うとおりにするのだ」

もし、エリヤがどこにいるかわかれば、知事にも打開策があった。イスラエル人の預言者に、第五の山の頂《いただき》で会った天使の話をするよう頼むつもりだった。やもめ女の息子が生き返った話もさせるのだ。そしてエリヤは、奇跡を行うことができると、自ら証明した男だった。この男の言葉は、奇跡はおろか、何一つ超常的能力を持たないもう一人の男の言葉に、十分に対抗できるはずだった。

しかし、エリヤは彼を見捨ててしまった。

知事にはもはや選択の余地はなかった。どっちみち、一人の捕虜の問題にすぎないのだ。兵士を一人失ったために、戦争を始めるような軍隊はあり得ないだろう。

「今のところは、お前の勝ちだ」と彼は祭司長に言った。「いつか、そのみかえりに、何かを要求するとしよう。」

祭司長はうなずいた。判決はすぐに伝えられた。

「誰もアクバルに戦いを挑むことはできない」と知事は言った。「また、誰も、我々の町にその住民の許可なく立ち入ることはできない。お前は黙って町に入ろうとした。ゆえに、死を宣告する」

エリヤはその場に立ちつくし、頭《こうべ》を垂れた。司令官はほくそ笑んだ。

捕虜は壁際へと引き立てられ、群衆がそのあとに続いた。そこで、残りの衣服をはぎ取られて、彼は裸にされた。衛兵の一人が近くの穴の底に彼をつき落した。人々はその穴のまわりに集まって、もっとよく見ようと互いに押し合った。

「兵士は誇りを持って軍服を身につけて、敵の目にも目立つようにするものだ。それは、彼らが勇敢だからだ。しかし、スパイは臆病《おくびょう》であるが故に、女の服をまとう」みんなに聞こえるように知事が叫んだ。「それ故に、勇者の尊厳を失ったこの人生を終えるよう、お前に宣告する」

群衆は捕虜をあざけり、知事を称賛した。

捕虜は何か言ったが、通訳はすでにおらず、誰も理解できなかった。エリヤはやっと、群衆をかきわけて知事のそばに辿《たど》り着いたが、すでに遅すぎた。彼が知事のガウンに触れると、激しく押しやられた。

「責任はお前にある。お前が公開裁判を望んだからだ」

「責任はあなたにあります」とエリヤは答えた。「たとえ、アクバルの議会が秘密に開かれたとしても、司令官と祭司長は彼らの意志を押しつけたでしょう。私は裁判の間ずっと、兵士に取り囲まれていました。彼らはすべてを企《たくら》んでいたのです」

責め苦を与える時間を決めるのは、慣習《ならわし》によって祭司長の仕事とされていた。彼はひざまずいて石を拾いあげ、それを知事に手渡した。その石は速やかな死を許すほどの大きさはなく、長時間苦しみを引きのばすほどには、小さくなかった。

「まず、お前だ」

「私はこうするように、強要されたのだ」祭司長にだけ聞こえるように、小さな声で知事は言った。「しかし、私はこれが誤った道であることを知っている」

「ここ何年も、お前は私をつらい立場に立たせておいて自分は人々を喜ばせる決定を下し、その結果を楽しんでいた」やはり小さな声で祭司長が答えた。「私は疑いと罪の意識にさいなまれ、眠れぬ夜を耐え、自分が犯した誤ちの亡霊に追いかけられてきた。しかし、私が勇気を失わなかったために、アクバルは全世界がうらやむ町になったのだ」

人々は選ばれた石と同じ大きさの石を探し始めた。しばらくは、石を打ち合わせる音しか聞こえなかった。祭司長はさらに続けた。

「この男に死を宣告したのは、間違いかもしれない。しかし、この町の名誉に関しては、私は確信している。我々は売国奴ではないのだ」

◆

知事が手をあげ、最初の石を投げた。捕虜はその石をよけた。しかしすぐに、大勢の人々が叫び、ののしりながら、彼に石を投げつけ始めた。

男は腕で顔を守ろうとした。石は彼の胸、背中、腹にあたった。知事はそこを去りたかった。

これと同じ情景を彼は何回となく、見てきた。そして、死がゆっくりとした苦痛にみちたものであることも、男の顔がやがて骨と髪の毛と血のどろどろとしたかたまりになることも、魂がその肉体を去ったあとも、人々が石を投げ続けることも知っていた。

数分のうちに、捕虜は防衛を諦《あきら》め、両腕を下げるだろう。もし、彼がこの人生で善い人間であったならば、神は石の一つを彼の頭の正面に当て、意識を失わせてくれるだろう。もし、残虐な行いをしてきたのであれば、最後の一瞬まで、彼は意識を保《も》ち続けるだろう。

人々は叫び、ますます狂暴になって石を投げた。男はできる限り、自分を守ろうとした。しかし、突然、彼は腕を下ろすと、全員が理解できる言葉で話し始めた。びっくりして、人々は石を投げるのをやめた。

「アッシリアよ、永遠なれ！」と彼は叫んだ。「今、私は我が国の人々の姿を思い、喜びに溢《あふ》れて死んでゆく。なぜなら、自分の部下の命を救おうとした将軍として、私は死ぬからだ。私は神のもとにゆく。そして、満足している。我々がこの地を征服することを知っているからだ」

「見たか？」と祭司長が言った。「彼は、裁判の間中、我々が言ったことを、全部理解していたのだぞ」

知事はうなずいた。この男は自分たちの言葉を理解できた。そして、アクバルの議会が分裂していることを、知っていたのだった。

「私は地獄には行かない。国への思いが、私に尊厳と力を与えてくれるからだ。国への思いは私に喜びをもたらすのだ。アッシリアよ、永遠なれ！」男はもう一度、叫んだ。

驚きから覚めて、群衆は再び、石を投げ始めた。男は両腕を体の横に下ろしたまま、一切、抵抗しようとしなかった。彼は勇敢な戦士だった。数秒後、神の慈悲が下った。一つの石が額に当たり、彼は意識を失って地面に倒れた。

「さあ、行こう」と祭司長が言った。「アクバルの市民がこの仕事をやり終えるだろう」

◆

エリヤはやもめ女の家には帰らなかった。どこへ行くつもりかもわからずに、彼は砂漠を歩き始めた。

「主は何もなさらなかった」彼は草木や岩に語りかけた。「主は何かできたはずなのに」

彼は自分の決断を後悔し、またしても一人の男の死を招いた自分を責めた。彼がアクバル議会を秘密に開くという案を受け入れていれば、知事はエリヤを一緒に連れてゆけただろう。そうすれば、祭司長と司令官に、二人で対抗できたはずだった。二人が勝つチャンスは少なかったとは言え、公開裁判よりはましだったことだろう。

さらに悪いことに、祭司長の群衆に訴えるやり方に、彼は感銘を受けていた。その意見には同意できなかったが、統率力の何であるかを深く理解している男がそこにいることを、認めざるを得なかった。自分が見たことのすべてを覚えておこうと、彼は思った。いつの日か、イスラエルで、国王とシドンの王女に対決しなければならないからだった。

エリヤはあてもなくさ迷い、山と町と、遠くの方のアッシリア軍の陣地をながめた。この谷間では、彼は小さな点にしかすぎなかった。そして、周囲には広大な世界が広がっていた。その世界は、たとえ、一生旅し続けたとしても、その果てを決して見つけることはできないほどに、大きかった。彼の友人や敵の方が、自分たちの住む大地をもっとよく理解しているかもしれなかった。また、もっと遠くの国々に旅し、未知の海を航海し、罪悪感を持たずに女を愛しているかもしれなかった。彼らは、子供時代に天使の声を聞くこともなければ、主の苦しみに自らを捧げることもなかった。今の一瞬に自らの人生を生き、そして幸せだった。

エリヤもまた、他の人々と同じ人間だった。そして今この時、谷間を歩きながら、何にも増して、主の声や主の天使の声を聞かなければ良かったのに、と思った。

しかし、人生は望みによってではなく、その人の行いによって作られる。彼はこれまでに何度も、自分の使命を放棄しようとしたことを思い出した。しかし、彼はまだここ、谷間の真ん中にいた。これが主が要求することだったからである。

「私はただの指物師として、あなたの仕事を手伝うこともできたはずです」

しかし、主の要求を実行しつつ、迫りくる戦争、イゼベルによる預言者たちの殺害、アッシリアの将軍の投石による死、そしてアクバルの女への愛の怖《おそ》れなどの重みに耐えながら、エリヤはそこに立っていた。主は彼に特別な才能を与えたが、彼はそれをどう使えばよいのか、わからなかった。

谷間の真ん中に、光が現れた。それは、いつもエリヤに話しかけてくる守護天使ではなく、彼を慰めに来た主の天使だった。

「私はここではこれ以上、何もできません」とエリヤが言った。「私はいつ、イスラエルに帰れるのでしょうか？」

「再建の方法をお前が学んだ時だ」と天使が答えた。「しかし、神が戦いの前にモーゼに教えたことを覚えておきなさい。あとで後悔したり、若さを失ったことを嘆いたりしないように、すべての瞬間を有効に使いなさい。人生のあらゆる時期に、主は自信喪失という贈り物を人に与えるのだ」

◆

主はモーゼに言われた。

「人々に伝えよ。聞け、イスラエルの民よ。あなた方の敵と戦うこの日が近づいた。心をなえさせ、恐れおののくなかれ。敵を恐れてはならない。ぶどうを畑に植えながら、それをまだ食べずにいる者はどんな男か？　彼が戦死して、他の男がそのぶどうを食べることのないようにその男を家へ帰せ。結婚の約束をしながら、いまだ契りを結ばぬ者はどんな男か？　彼が戦死して、他の男が彼女をめとることがないように、その男を家へ帰せ」

◈

エリヤは自分が聞いた言葉の意味を考えながら、しばらく歩き続けた。アクバルに戻ろうとした時、ほんの二、三分歩いたあたりに、第五の山に向って岩の上にすわっている愛する女の姿を見つけた。

「彼女はここで何をしているのだろうか？　裁判のことや、死刑宣告のこと、これからやってくる危険のことを、彼女は知っているのだろうか？」

今すぐ、彼女に警告しなければならなかった。彼は、女のそばに行くことにした。

彼女はエリヤが来るのに気づいて、手を振った。エリヤは天使の言葉を忘れてしまった。疑いの気持が急に戻ってきたのだった。そして自分の心の中の混乱に気づかれないように、町の問題を心配しているふりをしようと思った。

「ここで何をしているのですか？」近づきながら彼がたずねた。

「神の言葉を求めて、ここに来ました。文字を習っているうちに、この谷や山やアクバルの町の創造主のことを考え始めたのです。ある商人が、あらゆる色のインクを私にくれました。彼らのために書いて欲しいと私に言うのです。私は自分が住む世界を描くために、そのインクを使おうと思いついたのですが、とても難しいのです。私は沢山の色のインクを持っているけれど、この山のように調和のとれた色にまぜ合わせることができるのは、神だけです」

彼女は第五の山をじっと見つめていた。その女は、数ヵ月前、町の城門で小枝を集めていた女とは、まったく別人のようだった。砂漠の真ん中に一人でいる彼女は、エリヤの中に自信と尊敬の念を引き起した。

「なぜ、第五の山以外の山には、名前がついているのですか?」とエリヤがたずねた。

「神の間に争いを起さないためです」と女は答えた。「言い伝えでは、人があの山に誰か一人の神の名前をつけると、他の神が怒って、大地を滅ぼすと言われています。ですから、壁の向うに見える五番目の山なので、第五の山と呼ばれているのです。こうすれば、誰も怒らせることなく、宇宙はその場所で続いてゆくのです」

二人はしばらく無言だった。女が沈黙を破った。

「色のこと以外に、私はまた、ビブロスを書くことの危険について、考えています。これはフェニキアの神々と主を怒らせるかもしれません」

「存在するのは、主だけです」とエリヤが口をはさんだ。「それに、文明の開けた国はみな、文字を持っています」

「でもこれは違います。子供の頃、私はよく、商人の下で働いている言葉書きの人々を見に、広場へ行きました。彼はエジプト文字を使って書いていましたが、それは技術と知識が必要でした。今、昔の強力なエジプトは没落し、彼らは物を買うお金も持っていません。もう誰もその言葉を使わなくなりました。シドンとツロの船員たちが、ビブロスを世界中に広めています。

神聖なる言葉や儀式が粘土板に写されて、人から人へと伝えられるようになったのです。不道徳な人々が宇宙を変えようとしてこうした儀式を利用し始めたら、どうなるのでしょうか？」

エリヤは女が何を言っているのか、よくわかっていた。ビブロスの文字は、とても簡単な規則に基づいていた。エジプトの絵文字を音にしてから、ビブロス文字をそれぞれの音にあてはめてゆけばいいだけだった。文字を順番に並べることによって、あらゆる音を作り出し、宇宙にあるすべての事柄を描き出すことができた。

中には、とても発音の難しい音もあった。この問題はギリシャ人によって解決された。彼らは、母音と呼ばれる文字を五つ、二十いくつかのビブロス文字につけ加えたのだった。そして、これをアルファベットと名づけた。今、これが、この新しい書式の名前として、一般に使われていた。

これは異なる部族の間の交易を、非常に容易にした。エジプト文字はずっと場所をとり、しかも、書くにも理解するにもすぐれた能力と深い理解力が必要だった。そして、エジプトが占領した国で強制的に使われてきたものの、帝国の没落後まで生き残ることはなかった。しかし、ビブロスの書き方は、急速に世界中に広がり、もはやそれはフェニキアの経済力とは関係なく、様々な場所で採り入れられていったのだった。

ビブロス文字はギリシャ人が採り入れたこともあって、様々な国の商人たちを喜ばせた。古代からそうであったように、時の国王や人物の死によって、何が歴史に残るべきか、何が消滅すべきか決めるのは、商人たちだった。フェニキア人が発明したこの文字が、やがて、商業の共通語になる運命を持っているのは確かだった。船乗りや王様や魅惑的な王女やぶどう作りやガラス職人がみんな死んでしまったあとも、この文字だけは生き残ることだろう。

「言葉の中にはもう神はいないのですか？」と女がたずねた。

「神はまだおられる」とエリヤは答えた。「しかし、人は自分が書いたことに対しては、それぞれに神の前に責任をとらなければならなくなるでしょう」

女は着物の袖《そで》から、粘土板を取り出した。その上には、何か言葉が書かれていた。「どういう意味ですか？」とエリヤがたずねた。

「愛という言葉です」

エリヤは粘土板を受け取ったものの、なぜ彼女がそれを自分にくれたのか、たずねる勇気はなかった。その粘土板には、なぜ星が空に輝き続け、なぜ人は地を歩き続けるのか、短く書かれていた。

彼はそれを女に返そうとしたが、彼女は受け取らなかった。

「私はあなたのために書きました。私はあなたの責任も知っていれば、いつか、あなたが行ってしまうことも知っています。そして、あなたはイゼベルを退位させようと思っていて、いつか私の国の敵になることも知っています。その日に、私があなたのそばにいて、あなたの任務を助けることになるかもしれません。あるいは、イゼベルの血は私の国の血であるからには、あなたの敵として戦うかもしれません。あなたが手にしているこの言葉は、神秘に満ちています。その言葉が女の心の中に何を呼び覚ますかは、誰も知ることはできません。神と会話する預言者でさえも」

「あなたが書いた言葉を、私は知っています」自分の衣服の折り目に粘土板をしまいながら、エリヤが言った。「私は日毎夜毎《ひごとよごと》に、それと戦ってきました。女の心の中にそれが何を呼び覚ますのかはわかりません。しかし、私はそれが男をどのようにするか、知っているからです。私はイスラエルの王やシドンの王女、アクバルの議会と対決する勇気は持っています。でも、愛という言葉は、私の中に深い恐れを引き起すのです。粘土板にその言葉を書く前に、すでにあなたは、私の心の中に書かれたその文字を見たはずです」

二人はまた、沈黙した。アッシリア人の死や町に漂う緊張、いつ起るかわからない主の呼びかけなどにもかかわらず、そのどれも、彼女が書いたこの言葉ほど、強力なものはなかった。

エリヤは手を差しのべ、女はその手を取った。二人は太陽が第五の山の後ろに隠れるまで、ずっとそのままそこにいた。

「ありがとう」町へ戻りながら、女が言った。「ずっと、あなたと一緒に太陽が沈む時間をすごしたいと思っていました」

家へ戻ると、政府の使者がエリヤを待っていた。そして、すぐに一緒に会合へ来るようにと要請した。

◆

「お前は私が守ってやったのに、卑怯《ひきょう》な振舞いでそれに応《こた》えた」と知事は言った。「お前の命を私はどうすべきだろうか？」

「私は主が望むより、一秒でも余分に生きるつもりはありません」とエリヤが答えた。「それを決めるのは、あなたではなくて、主御自身です」

知事はニリヤの勇気にびっくりした。

「私はお前の首を今すぐ、切ることもできる。または、町中の通りを、この男は町の人々に呪《のろ》いをもたらしたとふれながら、お前を引きずってゆかせることもできる」と彼は言った。「そしてそれは、お前の唯一の神の決めることではあるまい」

「私の運命が何であれ、それは起るべきことなのです。しかし、私は逃げたわけではないことを、あなたに知っていただきたいと思います。司令官の部下が、私をあなたから遠ざけていたのです。彼は戦争を望んでおり、それを実現させるためには、何でもする気でした」

知事はこの無意味な議論に、これ以上時間を費やさないことにした。彼は自分の計画をこのイスラエル人の預言者に説明した。

「戦争を望んでいるのは、司令官ではない。すぐれた軍人として、彼は自分の軍隊が敵よりも少なく、経験不足であることも、敵に多くの兵士を殺されるであろうことも、知っている。しかし、彼の心は誇りと虚栄心で頑《かたく》なになっているのだ。

彼は敵が恐れていると思っている。アッシリアの戦士が十分に訓練されていることを知らないのだ。彼らは軍隊に入った時、木の種をまき、毎日その種を埋めた場所を飛び越す。種が若木になると、彼らはその上を飛び越す。若木が生長をしても、彼らは飛び越し続けるのだ。そして、それが面倒だとも時間の無駄だとも感じない。少しずつ、木は育ってゆき、戦士はより高く飛べるようになる。辛抱強く献身的に、彼らは障害を乗りこえるために、準備をしているのだ。

そして、乗りこえるべき物を見た時、それにすぐ気づくように訓練されている。彼らは我々を何ヵ月もの間、観察していたのだ」

エリヤは知事をさえぎった。

「それでは、戦争は誰の利益になるのですか？」

「祭司長の利益になるのだ。アッシリア人の裁判の時に私はそのことに気がついた」

「どんな理由で？」

「わからない。しかし、彼はずる賢いから司令官や町の人々を説得できたのだろう。今、町全体が彼の味方だ。この困難な状況を変える手段は、一つしかない」

彼はしばらく、無言だった。それから、イスラエル人の目を、まっすぐに見た。

「それはお前だ」

知事は部屋の中を歩き始めた。その興奮した話し方で彼が神経質になっているのが見てとれた。

「商人たちも、平和を望んでいる。しかし、彼らは何もできない。いずれにしろ、彼らは金持なので、他の町に商売を移すことも、征服者が自分たちの商品を買い始めるまで待っていることもできる。他の住民は正気を失って、圧倒的に優勢な敵を攻撃しろと、要求している。彼らの気持を変えることができるのは、奇跡だけだ」

エリヤは緊張した。

「奇跡ですって？」

「お前は確実に死んでいた少年をよみがえらせた。そして、人々が道を見つけるのを助けてきた。だから、異邦人ではあっても、ほとんどすべての人々から愛されている」

「それは今朝までのことです」とエリヤは言った。「今は変りました。あなたが今説明した雰囲気の中では、和平を応援する者はみな、売国奴だと決めつけられるでしょう」

「私はお前に、何も応援してもらいたいとは思っていない。あの少年の復活と同じぐらい偉大な奇跡を起こしてほしいのだ。そのあと、お前が人々に、和平が唯一の解決法であると話せば、彼らはお前の話を聞くだろう。そして祭司長は今持っている力を、完全に失うだろう」

一瞬、沈黙が流れた。知事が続けた。

「一つ、約束しよう。もし、お前が私の頼みをきいてくれたならば、唯一神の宗教がアクバルの宗教となるであろう。そうすれば、お前は自分の神を満足させることができ、私は和平の条件を交渉できるようになるのだ」

◆

エリヤは二階にある自分の部屋へと、階段を上《のぼ》っていった。今、彼はどの預言者もかつて手にしたことのない、フェニキアの町を改宗させるという機会を手にしていた。これは、イスラエルに対する行為に代価を支払わねばならぬということをイゼベルに教える最も有効な手段だった。

彼は知事の申し入れにすっかり興奮していた。下で眠っている女を起こそうと思ったほどだった。しかし、それはやめた。彼女は二人で共にすごした美しい夕べのことを、夢に見ているに違いなかった。

彼は守護天使を呼んだ。天使が現れた。

「知事の提案を聞いたね」とエリヤは言った。「これはまたとないチャンスだ」

「またとないチャンスなどはない」と天使が答えた。「主は人々に多くのチャンスを与えている。それに、前に言われたことを忘れてはいけない。お前が自分の国に戻るまで、これ以上、奇跡は許されはしない」

エリヤはうなだれた。その時、主の天使が現れ、守護天使は退いた。そして、主の天使が言った。

「お前が行う次の奇跡を教えよう。

山の前に人々を集め、一方にバアルの祭壇を作り、その上に雄牛を置きなさい。もう一方には、主の祭壇を築き、その上にも雄牛を置きなさい。

そして、バアルの信者に向って話す。お前たちの神の名を呼べ、私は主の名を呼ぶと。彼らに初めにやらせる。朝から正午までかけて、バアル神が現れ、供えられたものを受け取るようにと祈り、呼びかけさせるのだ。

彼らは大声で叫び、ナイフで自らの体を傷つけながら、雄牛を受け取るよう、彼らの神に乞《こ》い願うだろう。しかし、何事も起こりはしない。

彼らが疲れ果てた時、お前は四つの樽《たる》を水で満たし、それをお前の雄牛にかける。二回目も同じようにする。三回目もまた、同じようにする。そのあと、アブラハムとイサクとイスラエルの主を呼び、主にその力を人々に見せるように願いなさい。その瞬間、主が天から火を送り、お前のいけにえを焼き尽すであろう」

エリヤはひざまずき、感謝を捧《ささ》げた。

「しかし」と天使がさらに言った。「この奇跡は、お前の一生で一度しか、起すことができない。戦争を避けるためにここで行うか、イゼベルから人々を解放するために、お前の故国で行うか、その一方を選択するのだ」

そして、主の天使は消えてしまった。

◆

女は朝早く目覚めると、家の戸口にすわっているエリヤを見つけた。彼の目は落ちくぼみ、眠れなかった様子だった。

女は前の晩、何があったのか聞きたかったが、彼の答を聞くのがこわかった。眠れなかったのは、知事との会談のせいか、戦争の危機のせいだろうと思われた。しかし、もしかしたら彼女が渡した粘土板のせいかもしれなかった。もしそうであれば、彼に質問するのは、彼女を愛することは神の計画とは相容《あいい》れないと言われる危険を冒すことだった。

「さあ、何か食べましょう」とだけ、女は言った。

女の息子も起きてきた。三人は食卓について食事をした。

「昨日はずっと一緒にいたかったのに」とエリヤが言った。「知事が私を呼びに来たので、行かなければなりませんでした」

「知事と関係を持つのはもうおやめなさい」心が落ち着いてくるのを感じながら、彼女は言った。「知事の一族はアクバルを何世代にわたって治めています。彼はこの危機にどう対処すればいいか、わかっているでしょう」

「私は天使とも話をしました。そして、天使は私に、非常に難しい決心を迫ってきました」

「天使にも心を乱されるべきではありません。多分、神は時と共に変ると思う方が良いのでしょう。私の先祖は、動物の姿をしたエジプトの神を信仰していました。その神々は去り、あなたがここに来るまで、私は第五の山に住む神々、アシュラートやエルやバアルを信奉するように育てられました。そして今、私は主の神を知りましたが、その主もいつか、私たちを去るでしょう。そして、次の神はもっとやさしいかもしれません」

少年が水を欲しがった。しかし、水は残っていなかった。

「私が汲《く》んで来よう」とエリヤが言った。

「僕も一緒に行きます」と少年が言った。

二人は井戸へと歩いて行った。途中で、早朝から司令官が部下を訓練している場所を通りかかった。

「しばらく見て行こうよ」と少年が言った。「僕は大きくなったら、軍人になるんだ」

エリヤは少年の言うとおりにした。

「私たちの中で、誰が一番の剣の達人ですか？」と一人の戦士が司令官にたずねた。

「スパイが昨日、石打ちの刑に処せられた場所に行け」と司令官が言った。「石を拾って、それに聞け」

「なぜ、そうするのですか？　石は答えてはくれません」

「それでは、剣で石に切りかかれ」

「剣が折れてしまいます」とその戦士は言った。「それに、それは私が質問していることとは違います。私が知りたいのは、剣の一番の使い手は誰か、ということです」

「一番の使い手は、一番石に似ている者だ」と司令官は答えた。「石は、剣を抜きもしない。しかし、誰も剣を使って石に勝つことはできまい」

「司令官は賢い。知事の言うとおりだ」とエリヤは思った。「しかし、彼の知恵は、虚栄心のために、働かなくなっている」

◆

二人はまた歩き出した。少年はなぜ、軍人があんなに訓練しているのか、たずねた。

「軍人だけでなく、君のお母さんも私も、そして自分の心の声に従う人たちはみんな、訓練しているのだ。人生のすべての事に、訓練は必要なんだ」

「預言者になるためにも？」

「天使の言葉をわかるためにも。私たちは天使に話したいと思う余りに、彼らの言うことを聞こうとしないのだ。聞くということはやさしいことではない。お祈りの中で、私たちはいつも、自分はどんな誤ちを犯したか、何が自分に起こって欲しいか、語ろうとする。でも、主はすでに、そのすべてを知っている。そして宇宙が私たちに語る言葉に常に耳をかたむけ、しかも忍耐強くあれと、私たちに望んでいるのだよ」

少年はびっくりして、彼を見た。少年には多分、何も理解できなかったのだ。それでもなお、エリヤはこの話を続ける必要を感じた。少年が大人になって困難に遭遇した時、きっと、こうした話が何かの役に立つだろう。

「人生の戦いはみな、負け戦《いくさ》でさえも、私たちに何かを教えてくれる。大人になった時、君はうそを弁護したり、自分自身をあざむいたり、愚かゆえに苦しんだりしたことに、気がつくだろう。もし、君が良き戦士であれば、自分自身を責めず、また、こうした誤りをくり返すことを、自分に許しはしないだろう」

彼はこれ以上、何も言わないことにした。この年齢の少年には、彼の言うことをまだ理解できないのだ。二人はゆっくりと歩いて行った。そしてエリヤは、自分をかくまってくれた町、そして今、消え去ろうとしているこの町の通りを見た。すべては、彼の選択にかかっていた。

アクバルはいつもより静かだった。中央広場では、人々がひそひそ声で話していた。風が彼らの言葉をアッシリア軍の陣地まで運んでゆくのではないかと、怖《おそ》れているようだった。年長の者たちは何事も起るまいと断言したが、若い者たちは、戦争の予測にわき立ち、商人や職人たちは、騒ぎが収まるまで、シドンかツロに避難する計画をたてていた。

「彼らは簡単にこの町を去ることができる」とエリヤは思った。商人は世界中どこへでも、商品を輸送できた。職人もまた、知らない言葉が使われている所でも、働くことができた。「しかし、自分は主の許しがなければこの町を出られない」

◆

二人は井戸で二つの樽に水を満たした。いつもは、ここには人が沢山いた。女たちは洗濯や染物をした。また、町のあらゆる出来事について話しに、ここに集まっていた。井戸のまわりでは、何も秘密にしておくことはできなかった。商売、家族のいさかい、隣人との問題、支配者の情事など、深刻な問題も軽い話題も、ここでは何から何まで、議論され、意見が述べられ、批判され、またはほめそやされた。絶え間なく敵の軍勢が増加してきたこの数ヵ月の間でさえ、イスラエルの国王を虜《とりこ》にした王女、イゼベルは、みんなの大好きな話題だった。人々は彼女の勇敢さと勇気をほめたたえ、この町に何か起きた時には、必ず彼女が仕返しをしに故国に戻ってくると、確信していた。

しかし、今朝はほとんど誰もそこにいなかった。そこにいた二、三人の女たちの話では、できる限り沢山の収穫をしておくために、みんな畑に出ているとのことだった。間もなく、アッシリア軍が町への出入口を封鎖するからだった。そのうちの二人は、第五の山へ行き、いけにえを神に捧げる計画を立てていた。彼女たちは、息子が戦死するのではないかと心配していた。

「私たちは何ヵ月も抵抗できると、祭司長が言っていました」一人の女がエリヤに言った。

「私たちに、アクバルの名誉を守る勇気さえあればいいのです。そうすれば、神が私たちを助けに来てくれます」

少年はこわくなった。

「敵が攻撃してくるの？」と彼がたずねた。

エリヤは返事をしなかった。それは、昨夜、天使が彼に示した選択にかかっていた。

「僕はこわい」と少年は言い続けた。

「それは、君が生きることの中に、喜びを見つけている証拠だよ。時には恐怖を感じるのは、当たり前のことだ」

◆

エリヤと少年は昼になる前に、家へ戻った。女は様々な色のインクが入った小さな容器を、自分のまわりにぐるりと並べていた。

「私は仕事をしていました」書きかけの文字や文章を見ながら、彼女は言った。「雨が降らないので、町はほこりだらけです。筆はすぐに汚れてしまい、インクにはほこりがまじってしまいます。このほこりのせいで、何もかも、やりづらくなってしまうのです」

エリヤは黙ったままだった。自分の悩みを誰にも話したくなかった。彼は下の部屋のすみにすわって、もの思いに沈んだ。少年は友だちと遊びに外に出て行った。

「彼は静かにしていたいのでしょう」女は自分に言い聞かせて、仕事に没頭しようと努力した。彼女は半分の時間で書けるはずの言葉を仕上げるのに、午前中一杯かかってしまった。そして、期待どおり仕事がはかどらなかったので、罪悪感を感じていた。しかし、人生で初めて、彼女は家族を支えるチャンスを得たのだった。

女は仕事に戻った。彼女はパピルスの上に文字を書いていた。このパピルスは、商人が最近、エジプトから持って来たものだった。そして彼は、ダマスカスへ送る手紙を何通か書くように、女に頼んだ。その紙は質の良いものではなかったので、インクがにじんでばかりいた。「いろいろ難しいことはあっても、粘土板に書くよりもずっといいわ」

近隣の国々では、通信文を粘土板か動物の皮の上に書いて送るのが、慣習《ならわし》となっていた。すでに没落し、その文字は時代遅れになっていたが、エジプト人は商業文や歴史を記すための軽くて実用的な方法を発見した。ナイル川のほとりにはえている植物を細長く裂き、簡単な方法でそれをたて横に糊《のり》づけして、黄色っぽい紙を作ったのだった。パピルスはこの谷間では育たなかったので、アクバルでは輸入しなければならなかった。高価ではあったが、商人はパピルスを使いたがった。これならば、ポケットの中に入れて運ぶことができたからだ。粘土板や動物の皮では、それは不可能だった。

「何でもすべて、便利になっていく」と女は思った。パピルスにビブロス文字を書くためには、残念なことに、政府の許可が必要だった。時代遅れの法律がまだ、アクバル議会による文書の検閲を義務づけていたのだった。

女は書き終ると、ずっと無言で彼女の働く様子をながめていたエリヤに、それを見せた。

「出来上りをどう思いますか?」と彼女がたずねた。

彼は物思いからさめた様子だった。

「とてもきれいですね」心ここにあらずといった感じで、エリヤは答えた。

彼は主と話をしていたに違いなかった。女はその邪魔をしたくなかった。彼女は祭司長を呼びに行った。

祭司長と一緒に女が戻ってくると、エリヤはまだ、同じ場所にいた。二人の男は互いに相手の目を見た。しばらくの間、どちらも黙っていた。

祭司長が最初に沈黙を破った。

「お前は預言者であり、天使と話をする。私はただ、古い法律を解釈し、儀式を行い、人々が間違いを犯さないように守っているだけだ。私はこれが私とお前の戦いではないことを知っている。これは神の戦いなのだ。だから、私は一歩たりともひくわけにはゆかない」

「あなたは実在しない神を崇拝していますが、私はあなたの信仰に敬意を表します」とエリヤは答えた。「あなたの言うように、現在の状況が神と神の戦いであるとすれば、主は、第五の山にいるバアルと彼の仲間を打ち破るための道具として、私をお使いになるでしょう。あなたは私の暗殺を命じた方がよかったでしょうに」

「それも考えた。しかし、それは必要なかった。最も都合の良い時に、神々は私の味方として働いたからだ」

エリヤは答えなかった。祭司長は彼に背を向け、女が今、文章を記したばかりのパピルスを手に取った。

「うまく書けているな」と祭司長は言った。注意深くその文章を読んだあと、彼は指輪を自分の指から抜くと、インクの小びんにそれをつけ、彼の印を左すみに押した。祭司長の印の押されていないパピルスを持っているのが見つかれば、その持ち主が死を宣告される場合もあった。

「なぜ、いつもこうしなければならないのですか?」と女がたずねた。

「パピルスは思想を伝えるからだ」と彼は答えた。「そして、思想は力を持っているのだ」

「これはただの、商取引の文書にすぎませんよ」

「しかし、それが戦争の計画であるかもしれない。または、我々の秘密の祈りかもしれぬ。今では、手紙やパピルスによって、人の発想を盗むのは、簡単になった。粘土板や動物の皮を隠すのは難しいが、パピルスとビブロス文字の組み合わせによって、国々の文明に終りをもたらし、世界を破滅させることができるようになった」

一人の女が走って来た。

「祭司様、祭司様! 大変です、来て下さい!」

エリヤとやもめ女は彼のあとについて行った。あらゆる方向から、同じ場所を目ざして人々が出てきた。人々のあげるほこりで、空気は呼吸ができないほどだった。子供たちが先頭を、笑ったり叫んだりしながら走っていた。大人たちはゆっくりと、無言で歩いていた。

町の南の城門まで来ると、すでに、数十人の人々がそこに集まっていた。祭司長が群衆の間をかきわけて、この混乱の理由を見に来た。

アクバルの歩哨《ほしょう》が、肩の上にのせた太い木の棒に腕を広げた状態で手をくりつけられて、ひざまずいていた。彼の衣服はひき裂かれ、左の目は木の小枝でえぐり出されていた。

その胸には、ナイフでアッシリア文字が刻みつけられていた。祭司長はエジプト文字は読めた。しかし、アッシリアの言葉は余り重要ではなかったので、学んだことも暗記したこともなかった。そこで居合わせた商人に助けを求めた。

「我々は宣戦を布告する」と彼は翻訳した。エリヤは人々の顔に、恐怖が浮んだのを見た。

見物人は押し黙ってしまった。エリヤは人々の顔に、恐怖が浮んだのを見た。

「お前の剣を私によこせ」と祭司長は兵士の一人に言った。

兵士は素直に従った。祭司長は、この事件を知事と司令官に知らせるようにと命じた。そして、素早い一振りで、剣をひざまずいている歩哨の心臓につきさした。

男はうめき、地面に倒れた。彼は死に、苦痛と、敵に捕えられた恥から自由になった。

「明日、私は第五の山に行き、いけにえを捧《ささ》げる」と祭司長は恐れおののいている人々に向って言った。「そうすれば、神はもう一度、私たちのことを思い出して下さるだろう」

立ち去る前に、彼はエリヤを見た。

「お前はお前自身の目で、この出来事を見た。天はまだ、我々を助けているのだ」

「一つだけ、質問があります」とエリヤが言った。「なぜ、あなたは御自分の民が犠牲になるのを見たいのですか？」

「思想を抹殺するために、それは行われねばならないからだ」

その朝、祭司長がやもめ女と話しているのを聞いた時、エリヤはその思想とは何かわかった。それはビブロス文字のことだった。

「もう遅すぎます。それはすでに世界中に広まっています。それに、アッシリア軍は全世界を征服できはしません」

「不可能だと、誰が言っているのだ？　なにしろ、第五の山の神々が、彼らの味方についているのだ」

◆

前の日の午後と同じように、エリヤは何時間も谷間を歩いた。少なくともまだ、平和な午後と夜が一日だけあることを、彼は知っていた。暗闇《くらやみ》で戦いが行われることはなかった。兵士が敵と味方を区別することができないからだ。彼はその夜、主が彼にこの町の運命を変えるチャンスを与えていることを、よくわかっていた。

「ソロモン王なら、どうすべきかわかるだろうに」と彼は天使に言った。「ダビデも、モーゼもイサクもわかっただろう。彼らは主が信頼していた人々なのだ。しかし、私は優柔不断な従者にすぎない。主は、主御自身のものであるべき選択を、私によこしたのだ」

「祖先の歴史には、あらゆる場所にあるべき人物が存在していたように見える」と天使は答えた。「しかし、そんなことを信じてはいけない。主が人々に求めるのは、それぞれの人にできる範囲のことだけなのだから」

「そうだとすれば、主は私に関しては間違っています」

「どんな苦しみも、やがては去ってゆく。これこそ、この世の栄光であり、悲劇なのだ」

「そのことを忘れないようにします」とエリヤは言った。「しかし、苦しみが去る時、悲劇はあとに永久の印を残し、一方、栄光は役に立たない思い出を残します」

天使は何も答えなかった。

「私がアクバルにいた間、なぜ私は和平へ向けて努力する仲間を見つけられなかったのですか？　孤独な預言者など、何の役に立つのでしょうか？」

「天空をただ一人で旅する太陽は、何の役に立っているのだろうか？　谷間の中央にそそり立つ山は、何の役に立つのだろうか？　ぽつんと一つ離れた井戸は、何の役に立つのだろうか？　彼らこそ、キャラバンが辿《たど》る道を指し示すものである」

「私の心は悲しみに沈んでいます」ひざまずき、両手を天に差しあげて、エリヤは言った。「今、ここで死ぬことができればいいのに。そうすれば、私の手を故国の人々や異国の人々の血で汚さずにすむのに。あなたの後ろを見て下さい。何が見えますか？」

「お前は、私が盲目であることをわかっているはずだ」と天使が言った。「なぜなら、私の目は主の栄光の光を持っており、他の何も認識することはできないからだ。私は、お前の心が私に語ることしか、見ることができない。お前をおびやかす危険の波動しか、見えないのだ。お前の後ろに何があるか、私は知らない……」

「では、教えましょう。アクバルがあるのです。この時間、午後の日の光の中でその町を見ると、それはすばらしく美しい。私はこの町の通りや城壁と、寛大で親切な人々に慣れ親しんできました。町の住民はまだ、商売と迷信に捕われてはいますが、彼らの心は世界中のいずれの国の人々と比べても、純粋です。彼らと共に、私は今まで知らなかった多くのことを、学びました。お返しに、私は彼らの嘆きごとに耳を傾け、神に助けられて、彼らの間の争いを解決することができました。何度となく私が危険に陥った時、誰かが私を助けに来てくれました。なぜ、この町を救うか、それとも、私の故国の人々を救い出すか、どちらかを選択しなければならないのですか？」

「人は常に選択しなければならないからだ」と天使が答えた。「そこに、人の強さがある。決意する力だ」

「これは難しい選択です。一方を救うために、私はもう一方の人々の死を受け入れなければならないからです」

「もっと難しいのは、自分自身の道を決めることだ。選択をしない者は、息をし、通りを歩いていたとしても、主の目から見れば死んでいるのだ」

「それに」と天使は続けた。「誰も死にはしない。永遠の手はすべての魂に開かれており、みなそれぞれに自らの任務に励んでいる。太陽の下のすべてのことには、理由があるのだ」

エリヤは再び、手を天に差しのべた。

「私の国の人々は、一人の女の美ゆえに、主から遠ざかりました。文字は神々への脅威であると祭司長が考えたために、フェニキアは、破壊されるかもしれません。なぜ、世界を作った神は、運命の本を書くために、悲劇を使うのが好きなのですか？」

エリヤの叫びは谷間にこだまして、彼の耳に戻って来た。

「自分が何を言っているのか、お前は知らないのだ」と天使は答えた。「悲劇などはない。あるのは、不可避な出来事だけだ。すべてはそうあるべき理由を持っている。お前は、一時的なものと、永続的なものを区別するだけでいいのだ」

「一時的なものとは何ですか？」とエリヤがたずねた。

「不可避なことだ」

「では、永続的なものとは？」

「不可避なことから学ぶことだ」

こう言うと、天使は消えてしまった。

その夜、夕食の時に、エリヤは女と少年に告げた。

「荷物を用意しなさい。私たちはいつ、出発するかわからないから」

「あなたは二日間、眠っていません」と女が言った。「今日の午後、知事の使者がここに来て、あなたに宮殿に来て欲しいと言いました。あなたは谷間に行って、そこで夜を過ごすらしいと言っておきました」

「ありがとう」と答えると、彼はまっすぐに自分の部屋に行き、ぐっすりと眠り込んだ。

◈

次の朝、彼は楽隊の音で目が覚めた。何事かと下に降りて行くと、少年がすでに戸口の所にいた。

「見て！」目を興奮に輝かせて、少年が言った。「戦争だ！」

武装した部隊が、アクバルの南の城門へと行進し、音楽隊がそのあとにつき従って太鼓の音で行進の拍子をとっていた。

「昨日、君はこわがっていたのに」とエリヤが少年に言った。

「だって、こんなに沢山、僕たちの町に兵士がいるとは知らなかったんだ。僕たちの戦士は一番強いんだぞ！」

彼は少年をあとに残して、通りへと出た。どうしても、知事に会わなければならなかった。町の他の住民も軍楽隊の音で目を覚まし、心を奪われていた。彼らは生まれて初めて、朝日に槍《やり》や楯《たて》をきらめかせている軍服姿の部隊の行進を見たのだった。司令官は人もうらやむ手柄をたてたのだった。誰も気づかないうちに、軍隊の準備を整えたのだ。彼は今、アッシリア軍に勝つ可能性があると、みんなに信じこませたのではないかと、エリヤはおそれた。

彼は兵士の間をかきわけて、一列目までやって来た。そこでは、馬にまたがった司令官と知事が、行進を先導していた。

「私たちは約束したでしょう!」知事のそばに歩み寄って、エリヤが叫んだ。「私が奇跡を行なってみせます!」

知事は返事をしなかった。部隊は町の城壁を出て、谷間へと進んで行った。

「この軍隊は見せかけにすぎません!」とエリヤは叫んだ。「アッシリア軍は五倍の兵力を持っています。それに、彼らは歴戦の勇士です! アクバルを滅ぼしてはなりません!」

「お前は今さら私に何を望むのだ?」歩みをゆるめようともせずに、知事が言った。「昨夜、話し合うために使者を送ったが、お前は町の外に出ていた。他に、私に何ができたと言うのだ?」

「広い場所でアッシリア軍と対決するのは、自殺行為です! あなたにはわかっているでしょう!」

司令官は二人の会話を聞いていたが、何も言わなかった。彼はすでに、自分の戦略を知事と協議していた。イスラエル人の預言者がその戦略を知れば、きっと驚くことだろう。

エリヤはどうしたらいいかわからずに、馬の横を走った。兵士の行列は町を離れ、谷間の中央へと向って、進んで行った。

「主よ、お助け下さい!」と彼は祈った。「戦いのさ中のジョシュアを助けるために太陽を止めたように、時間を止めて、知事と話をさせて下さい」

そう思った瞬間、司令官が叫んだ。

「止まれ！」

「多分、これは徴《しるし》に違いない」とエリヤはひとり言を言った。「この時を利用しなくてはならない」

兵士たちは二列になって、人間の壁のような戦闘態勢を作った。そして、楯をしっかりと地面につけ、剣の先を外へと向けた。

「お前はアクバルの戦士を見ているのだ」と知事はエリヤに言った。

「私は死に直面して笑っている若者を見ています」とエリヤは答えた。

「それならば、ここにいるのは、ほんの一部隊であることを知れ。我々の軍隊の大部分は町の中、城壁の上にいる。そこには煮えたぎった油の入った大鍋があって、城壁をよじ登ろうとする者の頭にあびせかけることになっているのだ。

何ヵ所にも分けて貯蔵所を置き、火矢で食料を焼かれることがないようにもしてある。司令官の計算では、我々はほぼ二ヵ月、包囲を持ちこたえることができる。アッシリア軍が準備を整えていた間、我々も準備をしていたのだ」

「そんな事は私は聞いていませんでした」とエリヤは言った。

「これだけは覚えておけ。アクバルの人々を助けてきたものの、お前はやはり異邦人なのだ。そして、軍隊の中には、お前をスパイと間違える者もいるかもしれないのだ」

「でも、あなたは和平を望んでいました！」

「戦いが始まった後でも、まだ、和平は可能だ。しかし今は、我々は平等な条件で、交渉しようとしているのだ」

知事はさらに、シドンとツロに、彼らに危険が迫っていることを知らせるために、使者を送ったと言った。今までは、彼らに助けを求めることは、知事には難しかった。彼が状況をうまく収めることができないと、人々に思われるかもしれないからだった。しかし、今となっては彼はこのやり方が唯一の解決策だと結論を下したのだった。

司令官は巧妙な計画を立てていた。戦いが始まるやいなや、彼は抵抗組織を作るために町へ戻る。戦場にいる部隊は、できる限りの敵を殺し、そのあと、山へと引き下がる。彼らは誰よりも谷間の地形をよく知っているので、アッシリア軍に小規模な攻撃を仕掛け、包囲の圧力を減らす。

救援隊がすぐにやって来て、アッシリア軍は壊滅する。「我々は六十日間、籠城《ろうじょう》を続けられるが、その必要はないだろう」と知事はエリヤに言った。

「でも、大勢の人が死ぬでしょう」

「我々はみな死に直面している。そして、誰一人、私でさえも、死を恐れてはいないのだ」

知事は自分自身の勇気に驚いていた。彼はそれまで、一度も実際に戦ったことはなかった。そして戦闘の瞬間が近づいた時に、町から逃げ出す計画を立てていた。その日の朝、彼は一番忠実な友人の何人かと、最善の逃亡方法について、取り決めたところだった。シドンにもツロにも行くことはできなかった。そこでは、彼は裏切り者だと思われるからだ。しかし、信頼できる人間を必要としているイゼベルは、彼を迎え入れてくれるだろう。

しかし、戦場へ足を踏み入れたとたん、彼は兵士の目の中に、激しい喜びを見た。あたかも彼らは一つの目的のためにずっと訓練を受け、待ち望んだ一瞬がついにやって来たかのようだった。

「避けられないことが起る一瞬まで、恐怖は存在する」と彼はエリヤに言った。「そのあとは、我々は、そんなことにエネルギーを一切、使ってはいられなくなる」

エリヤは混乱した。それを認めるのを恥じはしたが、彼も同じように感じていた。彼は部隊の行進を見た時の少年の興奮を思い出した。

「お前はこの町を去れ」と知事が言った。「お前は異邦人であり武器も持たない。それに自分が信じてもいないもののために、戦う必要はない」

エリヤは動かなかった。

「彼らがやって来るぞ」と司令官が言った。「さぞかし驚いただろうな。我々は準備ができていたのだ」

それでもなお、エリヤはそこに立ちつくしたままだった。

彼らは地平線をながめた。土ぼこりは見えなかった。アッシリア軍は動いていなかった。

一列目の兵士が穂先を前に出してしっかりと槍をかまえた。射手は弓の弦を半分引いて、司令官の号令で矢を放つ準備をした。筋肉を暖めておくために、剣を空中で振りまわす者もいた。

「準備はすべてできている」と司令官がくり返した。「彼らは攻撃してくるだろう」

エリヤはその声を聞いて、司令官が幸福感に酔っているのに気がついた。彼は戦いが始まるのを待ち望み、自分の勇敢さを示したくて仕方がないのだ。疑う余地もなく、彼はアッシリア軍の攻撃、振り下ろされる剣、叫び声と混乱等を思い描き、有能さと勇気の模範として、フェニキアの祭司たちによって記憶された自分の姿を夢見ていた。その時、知事の声がエリヤの思いを中断した。

「彼らは動いてはいないぞ」

エリヤは主に祈ったことを思い出した。ジョシュアのためにしたように、神が天で太陽の動きを止めるように、頼んだのだった。彼は天使と話そうとしたが、天使の声は聞こえなかった。次第に、槍を持った兵士は穂先を下げ始め、射手は弓の弦をゆるめ、剣を持った兵士は剣をさやにおさめ始めた。真昼の焼けつくような太陽がじりじりと照りつけていた。暑さで倒れる兵士も何人かいた。それでもなお、その日ずっと、部隊は戦闘準備の態勢のままですごした。

太陽が沈んでから、戦士たちはアクバルへ戻った。その日一日、生き延びたことを、彼らは残念がっている様子だった。

エリヤは一人、谷間に残った。しばらくさ迷い歩いたあと、光が現れた。主の天使が彼の前にいた。

「神はお前の祈りを聞き届けたのだ」と天使が言った。「そして、お前の魂の苦しみを見た」

エリヤは天に向って、恵みに感謝した。

「主はすべての栄光と力の源です。主がアッシリア軍を止めたのです」

「違う」と天使が言った。「その選択は神がすべきだとお前は言った。そして主は、お前のために選択したのだ」

「行きましょう」と女は息子に言った。

「僕は行きたくない」と少年は答えた。「僕はアクバルの戦士を自慢に思っている」

少年の母は彼に持物をまとめるようにと命じた。「自分で運べるものだけ、持って行きなさい」と彼女は言った。

「家は貧乏で、僕が何も持ってないことを忘れたの？」

エリヤは自分の部屋に上った。そして、最初で最後であるかのように、自分のまわりを見まわした。彼は急いで下に降りると、女がインクをしまうのをじっと見つめて、立っていた。

「一緒に連れて行って下さって、ありがとう」と彼女は言った。「結婚した時、私はまだ十五歳でした。そして、人生とは何か、まったく知りませんでした。家族がすべて、取り決めたのです。子供の頃から、その時のために育てられ、どんなことがあろうと、夫を助けるようにと注意深く教育されました」

「彼を愛していましたか？」

「私は自分の心に、そうするように教えました。他に道がなかったので、それが一番いい方法だと、自分を納得させました。夫を失った時、私は諦《あきら》め切って、単調な毎日をただすごすだけでした。息子が自分で生きてゆけるようになったら、すぐに私の命を召して下さいと、私は第五の山の神々にお願いしました。その頃、私はまだ、その神々を信じていたのです。

そんな時、あなたが現れました。前にも一度、あなたにお話ししましたが、今、もう一度、言いたいのです。その日以来、私はこの谷間の美しさ、空にくっきりと描き出される山々の黒々とした稜線《りょうせん》、小麦がみのるように、絶えず形を変えてゆく月などに、気づき始めました。夜、あなたが眠っている間、私は時々、アクバルの町を歩きまわっては、生まれたばかりの赤ん坊の泣き声や、仕事のあとで酒を飲んでいる男たちの歌や、城壁の上を歩く歩哨《ほしょう》の足音を聞きました。どれほど美しいか気づかずに、私はそれまで何度、その同じ風景を見ていたことでしょうか？　どれほど深いか気づかずに、何度、私は空を見ていたことでしょうか？　それが私の人生の一部だとは知らずに、何回、私のまわりにあるアクバルの物音を聞いたことでしょうか？

私は再び、生きる強い意志を感じました。あなたは私に、ビブロス文字を学ぶようにと勧め、私はそうしました。あなたを喜ばせることだけを考えていたのに、私は自分がやり始めたことに深い興味を持つようになりました。そして、あることを発見したのです。人生の意味とは、自分がやりたいと思うことをすることだと」

エリヤは彼女の髪をなでた。初めてのことだった。

「なぜ、あなたはこうして下さらなかったのですか？」と彼女がたずねた。

「こわかったからです。でも今日、戦いが始まるのを待ちながら知事の言葉を聞いている時、あなたを思い出しました。恐れは避けられないことが始まるまでしか、続かない。それから先は、恐れはその意味を失ってしまう。そして、我々に残っているものは、正しい決心をしているという望みだけなのです」

「私は準備ができました」と彼女が言った。

「イスラエルに戻りましょう。私がしなければならないことを、主は教えてくれました。私はそのとおりにします。イゼベルを権力から追い出すのです」

女は何も言わなかった。他のフェニキアの女と同じように、彼女は王女を誇りに思っていた。イスラエルに着いたら、自分のそばにいる男に決心をひるがえすように、説得するつもりだった。

「長い旅になります。それに、主が私に命じたことをやりとげるまで、私たちは休めませんよ」彼女の考えを読んだかのように、エリヤが言った。「それでも、あなたの愛は私にとって一番大切なものです。主の名による戦いに疲れた時、私はあなたの腕の中に休息を見つけるでしょう」

肩に小さな荷物を担いで、少年が現れた。エリヤはその荷物を受け取り、女に言った。

「出発の時が来ました。アクバルの通りを歩いてゆく時、一つひとつの家、一つひとつの音を記憶しなさい。もう、二度と再び、見ることはないのだから」

「私はアクバルに生まれました」と、女が言った。「この町は永遠に私の心に残るでしょう」

これを聞いた少年は、絶対に母の言葉を忘れはしまいと心に誓った。もしいつの日か、ここに戻ることがあれば、母の顔を見るようにこの町を見ることだろう。

◆

第五の山のふもとに祭司長が着いた時、あたりはすでに暗くなっていた。彼は右手には杖《つえ》、左手には大きな袋を持っていた。

彼は袋から聖油を取り出すと、自分の顔と手首に塗った。それから杖を使って、砂の上に雄牛と豹《ひょう》の絵を描いた。それは嵐《あらし》の神と大女神の象徴だった。次に儀式の祈りをとなえて、神の啓示を受けるために、天に向って腕を広げた。

神はもう何も言わなかった。彼らは言いたいことはすでにすべて語っていた。そして今は、儀式を執り行うことだけを要求していた。イスラエルを除き、世界中から預言者の姿は消えていた。イスラエルは遅れた国で、人々はまだ迷信を信じており、人間が宇宙の創造主と語ることができると信じていた。

二世代前、シドンとツロがソロモンという名のイスラエルの王と交易していたことを、祭司長は思い出した。王は巨大な寺院を建造し、世界中にある最高のものでそれを飾りたいと思った。そして、フェニキアから杉を買うように命じた。ツロの王は必要とされた杉材を送り、それと交換に、ガリラヤ地方のニナの町を受け取ったが、彼はそれを喜ばなかった。そこでソロモン王は、フェニキアで初めての船を建造する援助を申し出た。そして、フェニキアは世界中で最も大きな商船隊を持つ国へと発展したのだった。

その当時、イスラエルはまだ大国で、唯一神を信じていた。彼らが崇拝する神は名前さえわからず、ただ、一般に「主」と呼ばれていた。シドンの王女がソロモンを真実の信仰に立ち戻らせることに成功し、彼は第五の山の神々へ捧《ささ》げる祭壇を作った。「主」を捨てたソロモン王を罰するために「主」は戦争をもたらし、彼の治政をおびやかしたと、イスラエルの人々は主張した。

しかし、ソロモンの息子、レオボアムは、父の始めた信仰を受けついだ。彼は二つの黄金の子牛を作らせ、イスラエルの人々はそれを崇拝した。預言者が現れて、支配者に対する絶え間ない闘争を始めたのは、その頃だった。

イゼベルは正しかった。真の信仰を保ち続ける唯一の方法は、預言者を取り除くことなのだ。イゼベルは大切に育てられ、寛大で、戦争など考えるだけで恐ろしいというほど、穏やかな女性ではあったが、暴力が唯一の解決法となる場合もあるということを知っていた。彼女の手を染めた血は、彼女が仕える神々によって許されることだろう。

「間もなく私の手もまた、血で染まるだろう」目の前の静かな山に向って、祭司長は言った。「イスラエルにとって預言者が災いであるように、文字はフェニキアにとって、災いなのだ。両方とも、取り返しのつかぬ悪をもたらす。両方とも、まだ、それが可能な間に、その息の根を止めなければなりません。戦いを司《つかさど》る天候の神よ、今、私たちを見捨ててはなりません」

彼は今朝の出来事が気になっていた。敵軍は攻撃を仕掛けなかった。その昔、天候の神がフェニキアを見捨てたことがあった。フェニキアの住民に対して、怒ったからである。その結果、ランプの油は底をつき、羊や牛は子供を捨て、小麦や大麦は実をつけなかった。太陽神は鷲《わし》と嵐の神に、天候の神を探し出すように命じた。しかし、誰も天候の神を見つけることはできなかった。今度は大女神が蜂をつかわした。蜂は森の中で眠っている天候の神を見つけて、針でさした。彼は怒って目を覚まし、まわりのものすべてをこわし始めた。彼を縛りつけ、その魂から怒りを取り除かなければならなかったが、それ以来、すべてはもとに戻ったのだった。もし天候の神が再び、どこかへ行ってしまったら、戦いは起らないだろう。アッシリア軍は永久に谷間の入口に陣取り、アクバルは存在し続けるだろう。

「恐れてはならない」と祭司長は言った。「私がここに来たのは、戦う時に迷うわけにはゆかないからだ。私はアクバルの戦士に、町を防衛する理由があることを示さねばならない。それは井戸のためでも、市場のためでも宮殿のためでもない。手本を示すために、我々はアッシリア軍と対決するのだ。

戦いはアッシリア軍が勝利して、アルファベットの脅威を永遠に打ち砕くだろう。征服者は自国の言葉と習慣を強要しはしても、第五の山の同じ神々を崇拝し続けるだろう。それこそが重要なことなのだ。

将来、我々の船乗りたちは他の国々へと、アクバルの戦士の手柄を伝えるだろう。祭司たちは、アクバルがアッシリア軍の侵略に抵抗を試みた日のことと戦士の名前を、末長く記憶に留《とど》めるだろう。書記はパピルスの上にエジプト文字を書き、ビブロス文字は、忘れ去られるだろう。聖なる書は、それを学ぶために生まれた者たちの手によってのみ伝えられるだろう。後の世代は、我々が行なったことを真似し、より良い世界を作り出すのだ」

「しかし今」と彼は思った。「我々はまず、この戦いに敗れなければならない。我々は勇敢に戦うが、形勢は不利であり、我々は栄光と共に死ぬであろう」

その時、祭司長は夜に耳をすまし、自分が正しいことを知った。静寂は重要な戦いの一瞬をはらんでいた。しかし、アクバルの住民はそれを誤解していた。まさに最も用心して見張っている必要があったその時に、彼らは武器を置き、楽しんでいた。彼らは自然の教えに気を留めようともしなかった。動物は、危険が迫った時、物音をたてずにひそんでいるものだった。

「神の計画を実現させよう。そして、天が地上に落ちることがありませんように。我々は正しく行動し、伝統に従ってきたのだから」と祭司長は結論した。

◆

エリヤ、やもめ女、少年の三人は、西の方向へ、イスラエルへと向った。幸い、南側にいるアッシリア軍の近くを通る必要はなかった。満月の明るさで歩きやすかったが、谷間の石や岩の上に、月は奇妙な影や不吉な形を投げかけていた。

暗闇《くらやみ》の中に、主の天使が現れた。彼は右手に火の剣を持っていた。

「お前はどこへ行くのだ？」と主の天使がたずねた。

「イスラエルです」とエリヤが答えた。

「主がお前に命じたのか？」

「私は、主が私に行わせようとしている奇跡について、知っています。そして今、私はそれをどこで行うのか、わかったのです」

「主がお前に命じたのか？」と天使が再びたずねた。

エリヤは黙っていた。

「主がお前に命じたのか？」と天使は三度同じ質問をくり返した。

「いいえ」

「ではお前がいた場所に戻りなさい。お前はまだ自分の運命を果さなければならないからだ。

主は時が来た時、お前をイスラエルに帰すだろう」

「もし、そうでしたら、この二人を行かせるのをお許し下さい。彼らには、ここに残る理由はないからです」とエリヤは懇願した。

しかし、天使はすでにそこにいなかった。エリヤは手に持った荷物を落し、道の真ん中にすわり込んで激しく泣いた。

「どうしたのですか？」何も見なかった女と少年がたずねた。

「戻ることになりました」と彼は言った。「それが、主の望みなのです」

◆

彼はよく眠れなかった。夜中に目が覚め、まわりの空気が張りつめているのを感じた。邪悪な風が通りを吹き抜け、恐怖と不信をまき散らしていた。

「女を愛することによって、私はすべての生き物に対する愛を見出しました」彼は声に出さずに祈った。「私には彼女が必要です。私が主の道具であることを主は忘れはしないことも知っています。私は多分、主が選ばれた最もいくじなしです。主よ、どうか助けて下さい。なぜなら、戦いのさ中で私は沈着でなければならないからです」

エリヤは、知事が恐怖について語った言葉を思い出した。それにもかかわらず、眠ることはできなかった。「私はエネルギーと平常心を必要としています。まだそれが可能な間に、私に休息を下さい」

彼は天使を呼び出して、しばらく話をしようと思ったが、聞きたくないことを天使に言われるのがわかっていたので、思い留まった。そして気分を変えに、下へ降りた。女が逃亡するために作った荷物が、まだそのままになっていた。

彼は自分の部屋に戻ろうと考えた。そして、主がモーゼに語った言葉を思い出した。「結婚の約束をしながら、いまだ契りを結ばぬ者はどんな男か？　彼が戦死して、他の男が彼女をめとることがないように、男を家へ帰せ」

二人はまだ、互いを知らなかった。しかし、その晩は疲れ果てていたし、そのようなことをする時ではなかった。

彼は荷物をといて、元の場所に全部戻すことにした。わずかな衣類の他に、女がビブロス文字を書くための道具を持ってゆくつもりだったことがわかった。彼は鉄筆を取り、小さな粘土板をしめらせると、いくつかの字を書いてみた。仕事をしている女を見ているうちに、書き方を覚えたのだった。

「何と簡単で巧妙なものなのだろう」不安から心をそらそうとして、彼はそう思った。水を汲《く》みに井戸へ行く途中で、彼は女たちの話を時々、耳にしたものだった。「ギリシャ人は、私たちの一番大切な発明を盗んでしまったのよ」しかし、エリヤはそうではないことを知っていた。母音をつけ加えることによってビブロス文字、つまりアルファベットは、どこの国の人々にも使える別のものに生まれ変ったのだった。さらに、人々は羊皮紙の文書を集めたもののことを、この発明がなされた町を記念して、ビブリアと呼んでいた。

ギリシャのビブリアは、動物の皮の上に書かれていた。エリヤは、この方法は、言葉を保存する方法としてはもろすぎるのではないかと感じた。動物の皮は粘土板のように長持ちせず、しかも盗まれやすかった。パピルスは何回か人の手を経るとバラバラになり、また、水に弱かった。「ビブリアもパピルスも長くはもたない。粘土板だけが、永遠に残るだろう」と彼は思った。

もし、アクバルが末長く生き残ることがあれば、未来の世代が読めるように、この国の歴史全部を粘土板に記し、それを特別な部屋にしまっておく計画を、知事に進言するつもりだった。そうすれば、いつか、国や人々の歴史を記憶しているフェニキアの祭司たちが殺されてしまったとしても、戦士の手柄や詩が忘れ去られることはないだろう。

彼は同じ文字を違う順番に並べ、いくつかの言葉を作っては、しばらく楽しんでいた。言葉ができるとうれしく思った。気持が楽になって、彼はまたベッドへと戻った。

◆

しばらくたつと、部屋の戸が床にたたきつけられる音で、彼は目が覚めた。

「これは夢ではない。主の軍隊でもない」

あらゆる方向から、わけのわからない言葉を狂人のように叫びながら、人影が押しよせて来た。

「アッシリア軍だ!」

他のドアが倒れ、壁が強力なハンマーで打ちこわされた。広場の方から助けを求める声と侵略者の叫び声が入りまじって聞こえた。エリヤは立ち上ろうとしたが、一人の人影が彼を床になぐり倒した。くぐもった音が階下の床をゆらした。

「火だ！」とエリヤは思った。「彼らがこの家に火を放ったのだ」

「お前だ」と誰かがフェニキア語で言うのが聞こえた。「お前は町の指導者だな。女の家に隠れるとは、臆病《おくびよう》な奴《やつ》だ」

彼は今しゃべった男の顔を見た。炎が部屋を照らし出し、長いひげをはやした軍服姿の男が見えた。そう、アッシリア軍が来襲したのだ。

「お前たちは夜、侵略したのか？」気も動転して、彼は叫んだ。

男は返答しなかった。剣がさやから抜かれ、一人の戦士が彼の右腕に切りつけた。

エリヤは目をとじた。人生全体の場面が、彼の目の前を一瞬のうちに通りすぎていった。彼は再び、生まれた町の通りで遊び、初めてエルサレムに旅し、指物師の仕事場で、木の香りをかいだ。海岸の町で海の広さと、人々の衣服のすばらしさに感嘆した。さらに、約束の地の谷や山を歩いている自分の姿を見、初めてイゼベルを見た時のことを思い出した。彼女は若い少女のように見え、近くに来る者すべてを魅《ひ》きつけていた。彼は再び、預言者の大虐殺を目撃し、砂漠へゆけと彼に命じる主の声を聞いた。そしてまた、そこの住民がアクバルと呼ぶ町、ザレパテの町の門で彼を待っていた女の目を見た。そして、自分が最初から彼女を愛していたことを知った。それから、彼は第五の山に登り、子供を死からよみがえらせ、人々から聖人としてあがめられ、仲裁人として迎え入れられた。空を見上げると、星空は目まぐるしくその位置を変え、月は一瞬のうちに、四つの形を見せていた。彼は暑さを感じ、寒さを感じ、秋と春を体験し、雨と稲妻を味わった。雲は無数の違った形となって流れ去り、川の水はまた、その川床を流れた。そして、アッシリア軍の最初に建てられたテントを見た日を思い出し、そして、二番目のテント、さらにいくつかのテント、そして沢山のテントが建っていった日々を見た。来ては去っていった天使を、イスラエルへの道に現れた火の剣を、眠れない夜を、粘土板に書いた文字を再び見た。そして……

エリヤは今の瞬間に戻った。そして今、階下で何が起きているのか気になった。何としてでも、女と少年を助け出さなければならなかった。

「火だ！」と彼は敵の兵士に向って叫んだ。「家が燃えている！」

恐怖は感じなかった。唯一の気がかりは、女と少年のことだった。誰かが彼の頭を床に押しつけ、彼は口の中に土の味を感じた。彼は土に口づけし、どれほど自分がその地を愛しているかを知った。そして、戦争を避けるために自分はできる限りのことをしたと、床の土に語りかけた。敵の手からもがいて逃れようとしたが、誰かが彼の胸の上に足をのせた。

「彼女は逃げたに違いない」と彼は考えた。「彼らは無防備な女を傷つけはしないだろう」

エリヤの心に、深い静けさが広がった。多分、主は、エリヤが不適当な人間であるのにやっと気がついて、イスラエルを罪から救う者として別の預言者を見つけたのだ。彼が望んでいたように、死は殉教という形でやって来たのだ。彼は自分の運命を受け入れ、最後の一撃を待った。

数秒がすぎた。叫び声はまだ続き、彼の傷からはまだ血が流れていた。しかし、最後の一撃はやって来なかった。

「すぐに私を殺せと彼らに言え！」とエリヤは叫んだ。少なくとも彼らの一人は、彼と同じ言葉を話すことはわかっていた。

誰もエリヤの言葉に注意を向けようともしなかった。何かうまくいっていないことがあるらしく、彼らは興奮して何か言い合っていた。何人かの兵士が彼を足でけり始めた。その時初めて、エリヤは生きたいという本能が強く戻ってくるのを感じた。それをきっかけに、彼の中に恐怖心がわき上った。

「もう命を望むことはできない」絶望して彼は考えた。「この部屋を生きて出ることはできはしないのだから」

しかし、何も起らなかった。叫び声や、騒音やほこりの大混乱の中で、世界が永久に止まってしまったように思えた。多分、主はジョシュアに対して行なったように、戦いのさ中に、時を止めたのだろう。

その時、下で女の悲鳴が聞こえた。人間とは思えないほどの力で、エリヤは二人の敵兵を押しのけると、必死で立ち上った。しかし、彼はすぐに打ち倒された。二人の兵士が彼の頭をけり、彼は気を失った。

◆

まもなく、エリヤは意識を取り戻した。アッシリア兵は彼を通りへと引きずり出していた。まだ目まいがしたが、彼は頭をあげた。近所の家はどれもみな、火に包まれていた。

「罪のないか弱い女が、あそこに閉じこめられている！　彼女を助けてくれ！」

泣き声、あらゆる方向へ逃げまどう人々、どこもかしこも、混乱のきわみだった。彼は立ち上ろうとしたが、また、なぐり倒されてしまった。

「主よ、あなたの望みどおりに私を何なりとして下さい。私は自分の命と死を、あなたのために捧《ささ》げたのですから」とエリヤは祈った。「でも、私をかくまってくれたあの女性だけは救って下さい」

誰かが彼の腕を取って、立ち上らせた。

「来て、見るのだ」言葉のわかるアッシリアの士官が言った。「いい気味だ」

二人の兵士が彼を捕えたまま家のドアの方へ押した。家は急速に炎に包まれつつあった。火はまわりのすべてのものを照らし出していた。あらゆる方角から、泣き声が聞こえた。子供たちは泣き叫び、老人たちは許しを乞《こ》い、女たちは必死になって子供を探し求めていた。しかし、彼は自分に宿を貸してくれた女の声だけをさがしていた。

「一体、何ということなのだ！　女と子供が中にいるんだ！　なぜ、お前たちはこんなことをしたのだ！」

「女がアクバルの知事を隠していたからだ」

「私は知事ではない！　お前たちはひどい間違いをしている」

アッシリアの士官は彼をドアの方に押し出した。天井が火の中に崩れ落ち、女ががれきの中に半分埋められた。エリヤには、左右に必死で振られている彼女の腕しか見えなかった。彼女は助けを求め、焼け死なせないで欲しいと泣き叫んでいた。

「なぜ私を殺さずに、彼女にこのようなことをするのだ？」と彼は問いつめた。

「我々はお前も生かしてはおかない。だが、できるだけ、お前を苦しませたいのだ。我々の将軍は城壁の前で、辱《はずかし》めを受けて石打ちの刑に処せられた。彼は命を求めに来たのに死を宣告された。今度はお前が同じ運命を辿《たど》るのだ」

エリヤは自由になろうとして必死でもがいたが、兵士は彼を引きたてて行った。彼らは地獄のような暑さの中を、アクバルの通りを歩いて行った。兵士はひどく汗をかいていた。そして、その何人かは、自分が目撃した場面に、衝撃を受けた様子だった。エリヤはのたうちまわり、天に向ってわめき散らした。しかし、アッシリア人たちは、主と同じように、黙ったままだった。

彼らは広場に着いた。町のほとんどの建物は燃え上り、炎の音がアクバルの住民の叫び声にまじっていた。

「死がまだあるということは、なんという救いであろうか」

馬小屋に隠れたあの日以来、エリヤは何度、そう思ったことだろうか。

アクバルの戦士の死体が、地面に散らばっていた。大部分は、軍服をつけていなかった。人々は、どこへ行くのかも、何を求めているのかもわからずに、あらゆる方向に逃げまどっていた。彼らはただ、死と破滅に対して、何かをしている、戦っているのだと思い込む必要にせまられて、動いているだけだった。

「なぜ、みんな、こんなことをしているのだろう?」と彼は思った。「町は敵の手に渡り、逃げ場はないということがわからないのだろうか?」すべては余りにも突然に起った。アッシリア人は数の優位を利用し、しかも戦士を戦わせずにすませたのだった。アクバルの兵士たちは、ほとんど戦わずして、みな殺しにされてしまったのだった。

彼らは広場の中央で足をとめた。エリヤは地面にひざまずかされ、両手をしばられた。もはや、彼には女の悲鳴は聞こえなかった。おそらく、生きながら焼かれるという長い苦しみを経ずに、彼女はすぐに死んだだろう。主は、女をその手に召されたのだ。そして、女は胸に息子を抱いていたはずだった。

アッシリア軍の別の部隊が捕虜を一人、連れて来た。その男は何回もなぐられて顔の形が変っていた。それでもなお、エリヤにはその男が司令官であることがわかった。

「アクバルよ、永遠なれ!」と司令官は叫んだ。「フェニキアと、昼間に敵と戦うその戦士よ、永遠なれ! 闇《やみ》の中で攻撃を仕掛ける卑怯《ひきよう》者に死を!」

その言葉が終るか終らないうちに、アッシリアの将軍の刀がふり降ろされ、司令官の首が地面にころがった。

「今度は私の番だ」とエリヤは自分に言った。「天国で彼女とまた会って、手に手をとって散歩しよう」

その瞬間、一人の男が近づいて来て、士官たちと議論し始めた。その男はアクバルの住民で、広場の集会によく顔を見せていた。エリヤは近所との難しい問題を解決するために、彼を助けたことを思い出した。

アッシリア人は自分たちだけで話し合い始めた。彼らの声はどんどん大きくなってゆき、時々、エリヤの方を指さした。その男はひざまずくと、彼らの一人の足に口づけし、第五の山の方に手を伸ばして、子供のように泣いた。侵略者の怒りは静まってきたようだった。

議論はいつまでも続くように思えた。男はその間ずっと、エリヤと、知事の住む家を交互に指さしながら、泣いて懇願していた。兵士たちはいくら話し合っても不満そうだった。

ついに、言葉のできる士官が近づいて来た。

「我々のスパイが」と言って、彼は男を指さした。「我々が間違えたと言っている。この町の戦略を我々に教えたのはこの男だ。そして、我々は彼の言うことを信頼している。我々が殺したいのはお前ではない」

士官はエリヤを足で押した。エリヤは地面に倒れた。

「お前はイスラエルに行き、王位を奪った王女を追い出すつもりだと、この男は言っている。それは本当か？」

エリヤは答えなかった。

「もし、それが本当ならば、そう言え」と士官はせまった。「そうすれば、お前はここから自分の家に戻って、あの女と息子を救うことができる」

「はい、本当です」とエリヤは言った。きっと、主は彼の祈りを聞き入れ、二人を救うために手を貸してくれたのだろう。

「お前を捕虜としてツロやシドンに連れて行くこともできる」と士官は続けた。「しかし、これから多くの戦いが控えており、お前は我々の重荷となるだけだ。身代金を要求することもできるが、一体、誰から取ればいいのだ？ お前は自分の国からも追放された異邦人ではないか」

士官はエリヤの顔の上に、足をのせた。

「お前は役立たずだ。敵にとっても、友にとっても、役に立たない。この町のようにな。我々の支配下に置くために、軍隊の一部をここに置いてゆく価値もない。沿岸の都市を征服したあと、アクバルはどっちみち我々のものになるのだ」

「一つ質問があります」とエリヤが言った。「一つだけ」

士官はエリヤを油断なく見すえた。

「なぜ、夜に攻撃したのですか？ 戦争は日中に戦うものであることを、あなた方は知らないのですか？」

「我々は法を破ってはいない。夜の攻撃を禁ずる慣習《ならわし》はない」と士官が答えた。「それに我々はこの地域をゆっくり時間をかけて研究したのだ。お前たちはみな、慣習のことばかり気にして、時代が変ってゆくことを忘れている」

それ以上は何も言わずに、兵士の一団はエリヤを置いて行ってしまった。スパイが近づいて来て、手をしばった縄をといた。

「いつか、あなたの御親切に報おうと、私は決めていました。そして、それを果しました。アッシリア軍が宮殿に入った時、召使いの一人が、彼らが探している男はやもめ女の家にかくれているると、告げたのです。彼らがそこに行ったあと、本物の知事は逃げ出しました」

エリヤは聞いていなかった。火があちこちでゴーゴーと音をたて、悲鳴が絶え間なく聞こえた。

混乱のまっ只中《ただなか》で、一団の人々だけは、規律を保っていた。それはアッシリアの兵士たちだった。彼らは目に見えない命令に従い、音もなく引きあげていった。

アクバルの戦いは終った。

◆

「彼女はもう死んでいる」とエリヤは自分に言った。「彼女が死んだのでは、もうあそこへは戻りたくない。奇跡的に助かっていれば、彼女は私を探しに来るだろう」

それにもかかわらず、彼の心は、立ち上って住んでいた家へ行けと、彼に命じた。エリヤは苦しんでいた。この瞬間に女への愛以上のものがかかっていた。彼の全人生、神の計画に対する信頼、生まれ故郷を捨てたこと、自分には使命があり、しかもそれを遂行する能力を持っているという思いなど、すべてがかかっていた。

エリヤはまわりを見まわし、自分の命を絶つための剣を探した。しかし、アッシリア軍はアクバルの武器をすべて、奪い去っていた。彼は燃えさかる家の中に飛びこもうかと思ったが、その勇気がなかった。

しばらく、彼はぼう然と立っていた。それから少しずつ、自分のいる状況がわかり始めた。

あの女と少年はすでにこの世を去ったに違いなかった。しかし、習慣にのっとって、二人を葬らなければならなかった。その時、主の仕事——主が存在するしないはともかく——は彼の唯一の救いだった。儀礼的義務をやり終えたあとで、苦しみと疑問に身をゆだねればいいのだ。それに、二人がまだ生きている可能性もあった。そこにつっ立って、何もしないでいるわけにはいかなかった。

「二人の焼けただれた顔や、肉からたれ下った皮膚を見たくない。二人の魂はもう、天国で自由にかけまわっているだろう」

◆

それにもかかわらずエリヤは家の方へ歩き出した。煙のせいで息苦しく、目も見えず、道を探すのは難しかった。次第に、町の状況がわかってきた。敵は撤退したものの、パニック状態はますますひどくなっていた。人々はあてもなくさ迷い、泣き、死者のために神に祈っていた。彼は誰かに助けを求めようとした。一人の男が目に入った。その男は完全なショック状態にあり、おかしくなっている様子だった。

「助けは乞《こ》わずに、まっすぐ帰った方がよい」エリヤはアクバルの町を生まれ故郷と同じぐらい、よく知っていた。だから、何回も通ったことのある場所の多くがそことはわからなくなっていたが、道順はわかった。通りで耳にする叫び声は、次第に意味のある言葉になっていた。人々は悲劇が起ったこと、それに対応しなければならないことに、やっと気づき始めていた。

「ここにけが人がいる！」と誰かが叫んだ。

「もっと水が必要だ！　これでは火を消すことはできない！」と別の一人が言った。

「助けて！　夫が閉じこめられています！」

エリヤはやっと、数ヵ月前に友として招き入れられ、宿を与えられた場所へと着いた。老婆が家の前の道の真ん中に、ほとんど裸ですわっていた。エリヤは彼女を助け起こそうとしたが、押しのけられてしまった。

「死にかけているよ！」と老婆が叫んだ。「どうにかして！　あの壁をあの女の上からどけてちょうだい！」

そして、老婆は興奮して悲鳴をあげ出した。エリヤは老婆の腕を取って脇《わき》の方に連れて行った。老婆の悲鳴で、やもめ女のうめき声が聞きとりにくかったからだ。まわりのものは何もかも、完全に破壊されていた。屋根も壁も崩れ落ち、彼女の姿を最後に見た場所を見つけるのは、難しかった。炎はもう鎮まっていたが、熱はまだ、耐え難く熱かった。彼は床をおおっている残がいの中に踏み込んで、女の寝室があった場所へと行った。

外の混乱にもかかわらず、彼はうめき声を聞きわけることができた。それは女の声だった。

彼は思わず、自分の衣服からほこりを払い落した。自分の姿を良く見せようとしているかのようだった。それから、聞き耳をたてて、じっと動かなかった。火のパチパチという音と、家の下敷きになった近所の人々の助けを求める声が聞こえた。彼らに静かにしろ、と言いたかった。女と少年がいる所を見つけなければならないのだ。しばらくたってから、また、音が聞こえた。誰かが、彼の足の下の板をひっかいている音だった。

エリヤはひざまずくと、憑《つ》かれたように掘り始めた。そして、土や石や木を取り除いた。ついに、彼の手に、何か暖かいものが触れた。それは血だった。

「お願いだ。死なないでくれ」と彼は言った。

「私の上のがれきをそのままにして」と言う女の声が聞こえた。「あなたに私の顔を見せたくありません。私の息子を助けに行って下さい」

彼は掘り続けた。すると、女はもう一度くり返した。

「私の息子を探しに行って下さい。お願いです。私の願いどおりにして下さい」

エリヤはうなだれて、静かに泣き出した。

「彼がどこに埋まっているのか、私にはわかりません」とエリヤは言った。「お願いだから行かないで下さい。どんなにか、あなたに私のそばに居てもらいたかったか。愛し方を教わるために、私にはあなたが必要なのです。私の心は、もう準備ができています」

「あなたがここに来るまで、何年もの間、私は死を望んでいました。主がそれを聞いて、今、私を探しに来たに違いありません」

彼女はうめいた。エリヤはくちびるをかんだが、何も言わなかった。誰かが彼の肩に手を触れた。

驚いて振り向くと、そこに少年がいた。少年はほこりとすすで真っ黒だったが、けがはしていなかった。

「母さんはどこ?」と彼がたずねた。

「ここですよ。息子よ」がれきの下から声が答えた。「けがをしたの？」

少年は泣き出した。エリヤは彼を腕に抱きしめた。

「泣いているのね」とその声が言った。前よりも弱々しくなっていた。「泣いてはだめ。お母さんは、人生は意味があるということを知るまでに、長い時間かかりました。あなたに、このことを教えることができればいいのに、と思います。あなたが生まれた町は、どんな様子？」

エリヤも少年も無言のまま、互いによりそっていた。

「大丈夫ですよ」とエリヤはうそを言った。「戦士が何人か死にましたが、アッシリア軍は撤退しました。彼らは将軍の死に復讐《ふくしゅう》するために、知事のあとを追っています」

また、沈黙が続いた。それから再び、前よりも弱々しい声がした。

「私の町は大丈夫だったと、私に言って下さい」

彼女がもうすぐ死ぬと、エリヤは悟った。

「町は大丈夫です。あなたの息子も元気です」

「あなたは？」

「私は生き残りました」

この言葉が女の魂を解放し、平和に死ねるようにすることを、彼は知っていた。

「息子にひざまずくように言って下さい」しばらくたってから、女が言った。「そして、神の名のもとに、あなたに誓って欲しいのです」

「何でもあなたの望むとおりにします。何でも」

「あなたはかつて、私に、主はどこにでもいると言いました。そして、私はそれを信じました。あなたは魂は第五の山の頂上には行かないと言い、私はあなたの言葉を信じました。でも、魂がどこへ行くのかは、説明してくれませんでした。

これは遺言です。あなた方二人は、私のために泣いてはなりません。主がそれぞれの道を行くことを許すまで、お互いに相手の世話をして下さい。この瞬間から、私の魂はこの地上で私が知っていたすべてのものと一つになります。私は谷であり、それを囲む山であり、この町であり、通りを歩いている人々です。私はこの町の傷ついた人であり、物乞《ものごい》であり、兵士であり、祭司であり、商人であり、貴族です。そして、彼らが歩く地面であり、人々の渇きをいやす井戸でもあります。

私のために泣かないで下さい。悲しむ理由はないからです。この瞬間から、私はアクバルなのです。そしてここは美しい町です」

死の沈黙が降り、風は吹くのをやめた。エリヤにはもはや、外の叫び声も、近所の家々で火のはぜる音も聞こえなかった。彼はただ沈黙を聞き、その激しさにほとんど触れることができるほどだった。

それから、エリヤは少年を連れて外に出ると、自分の衣服を引きさき、天に向って肺からしぼり出すように大声でどなった。

「主よ、神よ！　あなたのために、私はイスラエルを離れ、国に残った預言者のように、自分の血をあなたに捧《ささ》げることができませんでした。そして友に卑怯《ひきょう》者と呼ばれ、敵に裏切り者と呼ばれています。

あなたのために、私はカラスが運んでくれたものだけを食べ、砂漠を渡って住民がアクバルと呼ぶ町、ザレパテに来ました。あなたの手に導かれて、私は一人の女に会いました。あなたに導かれて、私の心は彼女を愛することを学びました。しかし、一瞬たりとも、自分の真の使命を忘れることはありませんでした。ここにいた間、私にはいつでもここを離れる覚悟ができていました。

美しい町、アクバルは廃墟《はいきょ》となりました。そして、私を信じた女は、その下に横たわっています。私のどこが悪かったのですか？　いつ、私はあなたの命にそむきましたか？　もし、私に不満であれば、なぜ、あなたは私をこの世から連れ去らなかったのですか？　そのかわりに、あなたはまたしても、私を救い、私の愛した者たちを苦しめました。

私にはあなたの計画が理解できません。あなたの行為が公正だとは思えません。あなたが私に課す苦しみに耐える力は、私にはありません。私の人生から、出て行って下さい。なぜなら、私もまた、廃墟と火とほこりになったからです」

火と廃墟の真ん中に、光がエリヤの前に現れた。そして主の天使が彼の前にいた。

「なぜ今ごろここに来たのですか？」とエリヤがたずねた。「もう遅すぎたということが、わからないのですか？」

「主はお前の祈りを聞いた。お前の願いは許されるであろうと告げるために、私はここに来たのだ。お前はこれから二度と再び、守護天使の声を聞かないであろう。私もお前が試練の日を終るまでは、お前の前に現れることはないだろう」

エリヤは少年の手を取って、あてもなく歩き始めた。それまで風に吹き散らされていた煙が、今は通りに立ちこめて、息ができないほどだった。「きっと、これは夢にちがいない」と彼は思った。「これは悪夢なのだ」

「あなたは僕の母にうそをついた」と少年が言った。「町は壊されています」

「それが何だと言うのだ？　お母さんはまわりで起きていることを見ていない。だから、平和に死なせてあげて、何が悪いのだ？」

「だって、母さんはあなたを信じていました。自分はアクバルだと言ったでしょう」

エリヤは地面に散らばっていたガラスや陶器の破片で足を切った。その痛みは、これが夢ではないことの証《あか》しだった。彼のまわりのすべてが、こわいほどに真実だった。二人は広場に着いた。そこは――一体どれぐらい前だろうか？――彼が人々に会い、彼らの問題を解決する手伝いをしていた場所だった。空は炎で金色になっていた。

「僕は、母さんに、こんな風であって欲しくない」と少年は主張した。「あなたは母にうそをついた」

少年は母との誓いを辛うじて守っていた。エリヤは少年の顔に、一筋の涙さえ見なかった。「私に何ができるというのだろう？」と彼は思った。その足からは血が流れていた。彼は絶望を追い払うために、痛みに心を集中することにした。

エリヤはアッシリアの兵士が切りつけたあとの刀傷を見つめた。その傷は思ったほど深くなかった。彼は少年と一緒に、さっき敵にしばられ、裏切り者に救われたその場所に腰を下ろした。そして、人々がもう走りまわってはいないことに気がついた。彼らは、煙とほこりにおおわれた廃墟の中を、あちらこちら、まるで生きたしかばねのようになってゆっくりと歩きまわっていた。まるで、天に見捨てられ、永久に地上を歩くように宣告された魂のようだった。これ以上の不条理はあり得なかった。

中には、ちゃんと行動している者もいた。彼らは女たちの声や、虐殺を生き延びた兵士たちの混乱した命令に反応していた。しかし、そのような人々はごく少なく、結局は彼らにも何もできなかった。

祭司長がかつて、この世は神々の夢を集めたものだと言ったことがあった。もし、彼が正しいのなら、どういうことなのだろうか？　神々をこの悪夢から目覚めさせ、もっと穏やかな夢を見るように再び眠らせることはできないのだろうか？　エリヤは夜、夢を見ると、目が覚めてもまた眠ってしまうのが常だった。なぜ、同じことが、宇宙の創造主の場合にも、起らないのだろうか？

彼はいくつもの死体につまずいた。そのどれもが税金のことも、谷間のアッシリア軍の陣地のことも、宗教儀式やさまよえる預言者のことも気にもしていなかった。

「私はここに永久に残ることはできない。彼女が私に残した遺産はこの少年だ。この少年を育てることがこの地上での私の最後の仕事になろうとも、私はそれに適《ふさわ》しい人間になろう」

エリヤは必死に努力して立ち上ると、少年の手をとって歩き始めた。商店やこわされたテントを略奪している者たちもいた。そんなことをしないようにと彼は注意した。彼は初めて、まわりの出来事に対して、何かしようとしたのだった。

しかし、人々は彼を押しのけて言った。

「我々は知事がむさぼり食った残りを食べているんだ。じゃまをするな」

エリヤには言い合いをする元気がなかった。彼は少年を連れて町の外に出た。そして、二人は谷間を歩き始めた。火の剣を持った天使は、もう現れなかった。

「満月だ」

ほこりと煙の向う側に、月明かりに照らし出された夜を見ることができた。数時間前、エルサレムに向って町を出ようとした時、月明かりで難なく道を見つけることができた。アッシリア軍も、同じだった。

少年が人間の体につまずいて、悲鳴をあげた。それは祭司長だった。彼は両手両脚を切られていたが、まだ生きていた。彼の目はじっと、第五の山を見すえていた。

「お前も見てのとおり」苦しそうだが落ち着いた声で彼は言った。「フェニキアの神々は聖なる戦いに勝った」血が祭司長の口から噴き出した。

「あなたの苦しみを止めさせて下さい」とエリヤは答えた。

「私の義務をやり終えた喜びに比べれば、苦痛など何でもない」

「あなたの義務は、心正しい人々の町を破壊することだったのですか？」

「町は滅びはしない。ただ、そこの住民と彼らの中に生まれた思想が死ぬだけだ。いつか、別の人々がアクバルにやってきて、その水を飲むだろう。そして、創始者があとに残した石は、新しい祭司たちによって磨かれ、大切にされるだろう。私を放っておいてくれ。私の苦しみはすぐに終るだ、お前の絶望は死ぬまでずっと続くだろう」

手足を切られた体は苦しそうに息をしていた。エリヤは彼を置いて立ち去った。その時、人々の一団——男、女、そして子供たち——がかけ寄ってきて、エリヤを取り囲んだ。

「お前のせいだ！」と彼らは叫んだ。「お前は自分の故国に泥を塗り、我々の町に災いをもたらしたのだ」

男たちがエリヤを押し、肩をつかんでゆさぶった。少年は彼の手を離すと、どこかへ消えてしまった。他の者たちは彼の顔や胸や背中をたたいたが、彼は少年のことしか、考えていなかった。少年を自分のそばに引き止めておくことさえ、エリヤにはできなかった。

人々の暴力は長くは続かなかった。きっと、彼をなぐった者たちも、戦いの暴力に疲れたのだろう。エリヤは地面に倒れた。

「ここを出てゆけ！」と誰かが叫んだ。「お前は我々の愛に、憎しみで応《こた》えたのだ！」

人々は行ってしまった。エリヤは立ち上る力さえなかった。屈辱から回復した時、彼はもう、同じ人間ではなかった。死にたいとも、生き続けたいとも思わなかった。何も望んでいなかった。愛も憎しみも忠誠心も、消えていた。

◆

誰かにほおに触れられて、エリヤは目を覚ました。まだ夜中だったが、月はすでになかった。

「僕は母さんに、あなたの世話をすると約束した」と少年が言った。「でも、どうすればいいのか、わからない」

「町へ帰りなさい。みんな良い人たちだから、誰かが君を育ててくれるだろう」

「あなたは傷ついている。腕を何とかしなければ。きっと、天使が来て、どうすればいいか僕に教えてくれるでしょう」

「お前は何もわかっていない。何が起っているのか、何も知らないのか！」とエリヤはどなった。「天使はもう来はしない。私たちは普通の人間だ。誰でも苦しみに直面した時には弱いものだ。悲劇が起きたら、みんな勝手に自分を守ればいいのだ！」

彼は深く息を吸い込んで、気を静めようとした。これ以上、何を言っても無駄だった。

「私がここにいるのが、どうしてわかった？」

「僕はどこにも行かなかったよ」

「では、私が辱《はずかし》めを受けたのを見たのだな。アクバルには、私がすべきことは何も残っていないことも、わかっただろう」

「あなたは僕に、人生の戦いはすべて、僕たちに何かを教えてくれる、敗北でさえもそうなのだと、言ったでしょう」

エリヤは前の日の朝、井戸まで二人で歩いた時のことを思い出した。しかし、あれから何年もたってしまったように思えた。そして、苦しみに直面した時、そのような美しい言葉は意味を持たないと少年に言ってやりたかった。しかし、少年を混乱させないことにした。

「どうやって、火事を逃れることができたの？」

少年は顔を伏せた。「僕は寝なかったのです。あなたと母が、母の寝室で一緒に寝るかどうか見張るために、一晩中、起きていることにしたのです。僕は最初の兵士が入って来るのを見ました」

エリヤは立ち上って歩き始めた。そして、女と一緒に夕日をながめた時にすわっていた、第五の山の前にある岩を探した。

「岩を探さない方がいい」と彼は思った。「ますますつらくなるから」

しかし、何かの力が彼をその方向へと引き寄せた。岩を見つけると、彼は激しく泣いた。アクバルの町と同じように、その場所も岩が目印だった。しかし、この谷間で、その岩の重要性を知っているのはエリヤだけだった。この場所は、新しい住人によってあがめられることも、愛の意味を発見した恋人たちによって、磨かれることもないだろう。

彼は少年を腕に抱きながら、再び眠った。

◆

「おなかがすいて、のどもかわいたよ」

目が覚めると、少年がエリヤに言った。

「近くに住んでいる羊飼いの家に行こう。彼らはアクバルには住んでいなかったから、多分、無事だろう」

「僕たちはアクバルを建て直さないと。母さんが、私はアクバルですと言ったから」

町の再建だって？　もう、そこには宮殿も、市場も、城壁もなかった。町の立派な人々でさえも盗人に変り、若い軍人たちは虐殺されてしまった。エリヤの抱えた問題の中では一番小さいとはいえ、天使ももう戻っては来なかった。

「昨日の夜の破壊や苦しみや死に、何か意味があるとでも思っているのか？　誰かに何かを教えるために、何千人もの死が必要だと、お前は思うのか？」

少年はびっくりして彼を見た。

「今、私が言ったことは忘れて欲しい」とエリヤは少年に言った。「羊飼いを探しに行こう」

「そして、町を建て直しましょう」と少年は言った。

エリヤは返事をしなかった。不幸をもたらした張本人はお前だ、と非難する人々に対して、自分の権威がもう通じないことは明らかだった。知事は逃亡し、司令官は死に、間もなく、シドンもツロも外国の統治下に入ることだろう。多分、女が言ったことは正しかったのだ。神は常に変化していて、今、行ってしまったのは「主」だったのだ。

「町へはいつ帰るの？」と少年が再びたずねた。

エリヤは彼の肩をつかむと、力一杯ゆすった。

「お前の後ろを見てみなさい！　お前は盲目の天使ではなく、母親の行動をひそかに探ろうとした子供だ。何が見える？　煙をあげている焼け跡が見えないのか？　それが何を意味しているのか、わからないのか？

お前は私を苦しめている！　私はここを出ていきたいのだ！　ここを離れたいのだ！」

エリヤは自分の言葉にびっくりして、黙りこんだ。彼がこれほどとり乱したことは今まで一度もなかった。少年は彼の手を逃れると、町の方に走り出した。エリヤは少年をつかまえると、その足元にひざまずいた。

「許してくれ。自分が何をしているのか自分でもわからないのだ」

少年はすすり泣いていたが、一筋の涙さえ見せなかった。エリヤは彼の隣にすわって、少年の気が静まるのを待った。

「行かないでほしい」とエリヤは頼んだ。「君のお母さんが亡くなった時、君が自分の道をゆけるようになるまでずっと一緒にいると、お母さんに約束したのだ」

「それに、町は大丈夫だとも、約束したでしょう。それに母さんは……」

「もう、それをくり返す必要はない。私は混乱し、私自身の罪悪感にどうしていいか、わからなくなっているのだ。自分を見つけ出すまで、もう少し時間が欲しい。君を傷つけるつもりは少しもなかったのだ」

少年はエリヤを抱きしめた。しかし、少年の目には一滴の涙もなかった。

◆

二人は谷間の真ん中にある家にやって来た。女が一人、家の戸口にいた。そして、子供が二人、家の前で遊んでいた。羊の群は囲いの中にいた。それは、その朝はまだ、羊飼いは山に出かけていないことを示していた。

その女は男と少年が歩いて来るのを見てびっくりした。本能的に、すぐに彼らを追い返したいと思ったが、慣習《ならわし》と、そして神が、歓待の法を尊重するように、彼女に要求した。もし、今、彼女がこの二人を歓迎しなければ、彼女の子供たちが将来、同じ目にあうかもしれないのだ。「私はお金を持っていません」と女は言った。「でも、水と食べ物を少し、さしあげることはできます」

二人はわらぶき屋根の入口の土間にすわった。女が干した果物と水さしを持って出て来た。二人はものも言わずに食べ、昨夜の出来事以来初めて、普通の日常生活の一部である食事を味わった。子供たちは見慣れぬ人たちの出現に驚いて、家の奥に逃げ込んでしまった。

食事を終えると、エリヤは羊飼いはどこにいるのかとたずねた。

「もうじき戻って来ます」と女は言った。「ひどい騒音が聞こえ、今朝は人が来て、アクバルが破壊されたと言いました。主人は何が起ったのか、見に行きました」

子供たちが女を呼び、彼女は奥へと入っていった。

「少年を説得しようとしても、無駄だろう」とエリヤは思った。「私が少年の頼みを果すまで、彼は私のそばを気持良く離れはしないだろう。再建は不可能だと見せてやって初めて、彼は納得するのだろう」

食物と水は奇跡を生んだ。エリヤは再び、自分が世界の一部であると感じた。

彼の思考は信じられないほどの速度で、答というよりも解決法を求めて動き始めた。

◆

しばらくたって、年とった羊飼いが帰って来た。彼は家族の安否を案じて、恐怖の目で男と少年を見た。しかしすぐに、状況を理解した。

「お前さんたちは、アクバルから逃げてきたに違いない」と彼が言った。「私は町から戻ったところだ」

「それで、町はどんなでしたか?」と少年がたずねた。

「町は破壊され、知事は逃げ出したそうだ。神が世界を混乱させたのだ」

「私たちはすべてを失いました」とエリヤが言った。「私たちを受け入れて下さい」

「私の妻がすでにお前さんたちを受け入れて、食べ物も与えたはずだ。さあ、もうここを出て、避けては通れぬ事実と向き合いなさい」

「この少年をどうすればいいのか、わからないのです。助けて下さい」

「いやいや、お前さんはどうすればいいのか、わかっている。この子は若くて、利発そうだし、活力もある。それに、お前さんは、人生で多くの勝利と敗北を体験したようだな。組み合わせは完全だ。二人そろえば、答を見つけやすい」

男はエリヤの腕の傷を見た。そして「大した傷ではない」と言って、家の中から、薬草と布切れを持って来た。少年は彼を手伝おうとした。羊飼いが、一人でできると言うと、少年は、母親にエリヤの世話をすると約束したからと言った。

羊飼いは笑った。

「お前さんの息子は、約束を守る男だな」

「僕はこの人の息子ではありません。この人も、約束を守る人です。この人は町をもう一度、建て直すのです。だって、僕を生き返らせたように、この人は僕の母さんもよみがえらせなければならないのです」

突然、エリヤは少年の思いを理解した。しかし、彼が何もしないうちに、羊飼いが、ちょうど家から出て来た妻に叫んだ。そして、「今すぐ、生活をたて直し始めた方がいい」と言った。

「すべてが元通りになるまでには、長い時間がかかりそうだから」

「もう決して元通りにはなりません」とエリヤが言った。

「お前さんは賢い若者のようだ。それに、私にはわからないことを沢山、わかっている人のようだ。しかし、自然は私に、決して忘れることのできないことを教えてくれた。羊飼いのように、天候と季節に頼っている男は、避けられないことをくぐり抜ける技を持っている。羊飼いは羊の群の世話をし、それぞれの羊を、あたかも唯一の羊であるかのように扱い、母羊が子羊を育てるのを助け、羊たちが水を飲める場所から遠すぎる所へは、絶対に行かない。それでもなお、それほど献身的に育てた子羊が時には事故で死ぬこともある。蛇や野生動物にやられることもあれば、崖《がけ》から落ちることもある。避けられないことは、いつだって起るものだ」

エリヤはアクバルの方向を見た。そして、天使との対話を思い出した。起るべきことは必ず起る。避けられないことは常に起るのだ。

「それを克服するためには、規律心と忍耐が必要だ」と羊飼いが言った。

「それと希望も必要だ。希望を失った時、人は不可能に見えることと戦う力をふるいたたせることができない。

それは将来の希望の問題ではない。それは、お前さんの過去を再び創り出すということなのだ」

羊飼いはもう急いではいなかった。彼の心は目の前に立っている難民に対する同情で一杯だった。彼も家族もこの悲劇を体験せずにすんだのだから、この二人を助けることは何ほどのことでもなく、神に感謝すべきことだった。彼は第五の山に登り、天から降る火に滅ぼされなかったイスラエル人の預言者の話を聞いていた。自分の前にいる男がその預言者であることは、状況からみて、まちがいなかった。

「もしお望みであれば、もう一日、ここにいてもいいですよ」

「さっき、あなたが言ったことを、私は理解できません」とエリヤが言った。「自分の過去を再び創り出す、というところです」

「私はずっと、人々がシドンやツロへ行く途中、ここを通りすぎてゆくのを見てきた。ある者は、自分はアクバルにいても成功しなかったから、新しい運命を始めるつもりだと言う。いつか、この者たちは戻ってくる。彼らは自分の求めたものを見つけはしない。なぜならば、彼らはかばんと一緒に自分の過去の失敗も持って行ったからだ。中にはまれに、役人の地位を得たり、子供たちに以前より良い生活をさせる喜びを得て、戻って来る者もいる。しかし、それ以上ではない。アクバルでの過去が怖《おそ》れに変って、彼らは危険を冒すだけの勇気を失ってしまったのだ。

一方、私の家の前を、情熱にあふれて通りすぎる人々もいた。彼らはアクバルでの生活の一分一秒から利益を得て、努力の末に旅に出る金をためた。この人々にとって、人生は常に勝利であり、そのようなものとして続いてゆく。この人々もまた、戻ってくるが、すばらしい物語をたずさえて帰ってくる。彼らは自分の望みをすべて達成する。なぜならば、彼らは過去の怒りによって、行動を制限されはしないからだ」

◆

羊飼いの言葉は、エリヤの心にひびいた。

「人生を再建するのは難しくはない。アクバルを廃墟《はいきょ》から立ち上らせるのが不可能でないようにに」と羊飼いは続けた。「以前と同じ強さと力を自分は持っているのだということに、気がつくだけでいいのだ。その力を自分たちのために使いなさい」

男はじっとエリヤの目を見つめた。

「もし不満足な過去があるならば、それは、すぐに忘れなさい」と彼は言った。「お前さんの人生の新しい物語を想像して、それを信じるのだ。自分の希望を達成した瞬間にだけ、思いを向けるのだ。そうすれば、その力がお前さんの欲することを成しとげるために、助けてくれるだろう」

「私は、指物師になりたいと思った時があった。その後、イスラエルを救うためにつかわされた預言者になりたいと思った」とエリヤは考えた。「天使が天からおりてきた。また、主は私に話しかけた。主は必ずしも正しくはなく、主の計画は私には理解できないとわかるまではあったが」

羊飼いは妻を呼び、今日はもう出かけないと言った。すでにアクバルまで徒歩で行ったので、それ以上歩くのには疲れすぎていた。

「私たちを歓迎して下さって、ありがとうございます」とエリヤが言った。

「一晩ぐらい、お前さんたちを泊めることは、何でもないことですよ」

少年が二人の話に割って入った。

「僕はすぐアクバルに戻りたいのです」

「朝まで待ちなさい。町は住民に荒らされて、どこにも寝る場所はないよ」

少年は地面を見つめ、くちびるをかんで、もう一度、涙をこらえた。羊飼いは二人を家の中へと導き入れると、妻と子供たちをなだめた。そして、二人の気晴しのために、その日ずっと、天候の話をしてすごした。

次の日、二人は朝早く目を覚まし、羊飼いの妻が用意した食事を食べてから、家の戸口へと行った。

「あなたの長命と、羊の群がますます大きくなるように祈ります」とエリヤが言った。「私の体は必要なものを食べ、私の魂は知らなかったことを学びました。あなたが私たちにして下さったことを、神が決して忘れませんように。そして、あなたの息子たちが、見知らぬ国で他国者となりませんように」

「どちらの神のことをお前さんが言っているのかは知らないが、第五の山には沢山の神が住んでいる」と羊飼いは不愛想に言った。しかし、すぐに声の調子を変えた。「お前さんがしてきた善い事を思い出しなさい。勇気をくれるからね」

「私は善いことは、ほんの少ししかしていません。それに、そのどれも、私がやったわけではありません」

「では、もっと沢山善いことをするのだな」

「もしかして、私は侵略を食い止めることができたかもしれないのです」

羊飼いは笑った。

「たとえ、お前さんがアクバルの知事だったとしても、避けられないことを止めることはできなかっただろうよ」

「多分、アクバルの知事は、アッシリア軍が最初に少人数の部隊で谷間にやって来た時に、攻撃すべきだったのです。または、戦争が始まる前に、和平を交渉すべきでした」

「起り得たのに起らなかったことはすべて、風に運び去られてその痕跡《こんせき》さえとどめはしないのさ」と羊飼いが言った。「人生は私たちの姿勢によって決まる。そして、私たちは神が課した出来事を、生き抜かなくてはならない。神がそれを課す理由は重要ではない。しかも、どんなことをしようと、私たちはその出来事を避けることはできないのだ」

「なぜですか？」

「アクバルに住んでいたイスラエル人の預言者に聞きなさい。彼はすべての事に対して、答を持っているということだからね」

羊飼いは柵《さく》の所に行った。「私は羊たちを草原に連れてゆかねばならない」と彼は言った。「昨日、羊たちは外に出ていないので、もう、がまんができないのだ」

手を振って別れを告げると、彼は羊と共に出て行った。

少年とエリヤは谷間を歩いて行った。

「あなたはのろのろと歩いていますよ」と少年が言った。「何が自分に起るのか、こわがっているのですね」

「私は自分だけがこわいのだ」とエリヤは答えた。「もう誰も私を傷つけることはできない。私の心が傷つくのをやめたから」

「僕を死からよみがえらせた神は生きています。もしあなたが同じことを町に対して行えば、神は母さんを生き返らすことができるでしょう」

「神のことは忘れるんだ。神はもう遠くに行ってしまって、我々が望んでも、もう奇跡を起してはくれないのだ」

あの年老いた羊飼いは正しかった。これからは、彼自身の過去を再建する必要があった。一度はイスラエルを解放する預言者だと自分で思っていたのに、一つの町を救うという使命さえ失敗したということを、忘れなければならないのだ。

この考えは、エリヤに奇妙な恍惚《こうこつ》感をもたらした。生まれて初めて、自分の望むこと、願うことを何でもやってみる覚悟と自由を感じた。確かに、彼はもう天使の声を聞くことはないだろう。しかし、そのかわりに、イスラエルへ帰ろうと、指物師の仕事に戻ろうと、賢人の思想を学びにギリシャへ行こうと、あるいはフェニキアの船乗りと一緒に海の向うの国へ行こうと、まったく自由だった。

しかし、まず、自分自身に恨みをはらす必要があった。若い盛りのこの数年間、彼は思いやりのない神に身を捧《ささ》げ続けてきた。神は絶えず命令を下し、常に自分の勝手なやり方で物事を行なった。エリヤはその神の決定を受け入れ、その計画を尊重したのだった。

しかし、彼の忠誠心に対する報いは、神に見捨てられることだった。そして彼の献身は無視され、至高の存在の意志に従おうとする努力は、彼が愛したたった一人の女性の死をもたらしたのだった。

「あなたは世界と星を動かす力をその手に持っています」隣にいる少年にわからないように、エリヤは母国語で言った。「あなたは町と国を、私たちが虫を殺すのと同じように、破壊することができます。それならば、天から火を送って、私の命を終らせて下さい。もし、あなたがそうしなければ、私はあなたの仕事にそむいてゆくつもりです」

アクバルが遠くに霞《かす》んで見えた。彼は少年の手を取ると、その手をしっかりと握りしめた。

「今から町の門をくぐり抜けるまで、私は目を閉じて歩いて行く。君が私を連れて行くのだ」と彼は少年に言った。「もし、私が途中で死んだならば、私にやれと頼んだことを自分でやりとげなさい。アクバルの再建だ。たとえそのために、まず君が大人になり、木の切り方や石の並べ方を学ばなくてはならないとしても、自分でやりとげるのだ」

少年は答えなかった。エリヤは目を閉じ、導かれて行った。彼は風の音と、砂の中の自分の足音を聞いた。

彼は、選ばれし民を解放し、砂漠の中を彼らを導き、数多くの困難を乗りこえたあとで、神にカナンの地に入るのを禁じられたモーゼのことを思った。その時、モーゼはこう言ったのだった。

「私はあなたに祈ります。私を行かせて下さい。そして、ヨルダンの向うの良き土地を見せて下さい」

しかし、主は彼の哀願に怒り、こう答えたのだった。

「お前はここで満足せよ。この件について、もう私に何も言うな。目を西と北と南と東に向け、お前の目でそれを見るのだ。お前はこのヨルダンを越えることはないであろう」

こうして、主はモーゼの長くつらい仕事に報いたのだった。主は彼が約束の地に足を踏み入れるのを許さなかった。モーゼが神に従わなかったとしたら、どうなったのだろうか?

エリヤは再び、天に思いを向けた。

「主よ、この戦いはアッシリア軍とフェニキア軍の間のものではありません。あなたと私の戦いです。あなたはこの残虐な戦いについて私に予告もせず、いつものように、あなたは勝利し、あなたの意志が顕現するのを見せつけました。あなたは私が愛した女を殺し、故国を追われた私を受け入れてくれた町を、滅ぼしたのです」

風の音が彼の耳にさらに大きく聞こえた。エリヤは恐怖を感じたが、さらに続けた。

「私はあの女をよみがえらせることはできません。でも、あなたが行った破壊の結果を変えることはできます。モーゼはあなたの意志を受け入れ、川を渡りませんでした。しかし、私は先へ進みます。今、私を殺して下さい。私が町の門に着くのをあなたが許せば、私はあなたが地上から抹殺しようとした町を再建するでしょう。そして、私はあなたの審判に反逆します」

彼は黙った。そして、自分の心を空にして、死を待った。砂の中の自分の足音だけに注意を集中した。天使の声も天からの威嚇も聞きたくなかった。彼の心は自由だった。もはや、何が自分に降りかかろうと、こわくはなかった。しかし、魂の深みには、何か大切なことを忘れているような胸さわぎが、うずき始めていた。

かなりの時間がたち、少年が立ち止まってエリヤの袖《そで》を引いた。

「着きました」と少年は言った。

エリヤは目を開いた。天からの火は彼に降って来なかった。そして、目の前には、アクバルの破壊された城壁があった。

彼は少年を見た。少年はエリヤが逃げるのではないかと恐れているのか、彼の袖をしっかりとつかんでいた。私はこの少年を愛しているのだろうか？　エリヤにはわからなかった。しかし、そんなことはあとで考えればいいことだった。今は、彼にはやらなければならないことがあった。それも、この数年で初めて、神が課したものではない仕事だった。

二人が立っている所から、物の焼けるにおいがした。ハゲタカが頭上に円を描いて、太陽の熱で腐りかけた兵士の死体をついばむチャンスを狙《ねら》っていた。エリヤは死んだ兵士の一人に近づくと、彼のベルトから剣を抜き取った。先の混乱で、アッシリア軍は城壁の外側にあった武器を集めるのを忘れたのだった。

「なぜ、そんなものがいるの？」と少年がたずねた。

「自分を守るためだ」

「もう、アッシリア軍はいないのに」

「それでも、これを持っている方がいいのだ。用心しなければいけないからね」

エリヤの声は震えていた。半分こわされた城壁をこえたとたん、何が起るか、わからなかった。しかし、彼は自分を侮辱する者は誰であろうと殺すつもりだった。

「この町と同じように、私も破壊された」と彼は少年に言った。「しかし、この町と同じように、私はまだ自分の使命を果していないのだ」

少年はほほ笑んだ。

「あなたは、以前のように力強い話し方をしていますよ」と少年が言った。

「言葉にだまされるな。以前、私はイゼベルを王位から追い出し、イスラエルを主へ返すという目的を持っていた。しかし、主が我々を見捨てた今、我々も主を忘れるのだ。私の使命は、君が私に頼んだことを実行することだ」

少年は彼を心配そうに見上げた。

「神がいなくては、母さんは死からよみがえることができません」

エリヤは少年の髪をなでた。

「母さんは体がなくなっただけで、彼女はまだ、私たちの間にいる。君の母さんが言ったように、彼女はアクバルなのだ。私たちは彼女がその美しさを回復する手伝いをしなければならない」

◆

町はほとんど、見捨てられていた。老人、女、そして子供たちが、通りをあてもなく歩いていた。それは、侵略の夜に彼が目撃した情景と同じだった。彼らは次に何をすればよいのか、見当もつかない様子だった。

誰かに出会うたびに、エリヤが剣のつかを握りしめるのを、少年は見た。しかし、人々は何なかった。

の関心も示さなかった。ほとんどの人々は、彼がイスラエルから来た預言者だと知っていた。

彼にうなずく人はいても、誰も一言も声をかけなかった。憎しみの言葉を発する者も一人もいなかった。

「みんな、怒りの感覚さえも失っている」第五の山の頂《いただき》を見あげながら、エリヤは思った。その頂上はいつものように、永遠の雲でおおわれていた。その時、彼は主がかつてシナイ山でモーゼに言った言葉を思い出した。

『それでもなお、あなた方がわたしに聞き従わず、わたしに逆らって歩むならば、私はあなた方の死体を、偶像の死体の上に投げ捨てて、私のたましいはあなた方を忌みきらうであろう。私はまたあなた方の町々を荒れ地とし、あなた方の聖所を荒すであろう。

そして、生き残った者の心に恐れをいだかせるであろう。彼らは木の葉の動く音にも驚いて逃げ、追う者もないのにころび倒れるであろう』（レビ記二十六章）

「主よ、あなたがなさったことを見て下さい。あなたは約束を守りました。生きる屍《しかばね》がいまだ、地上を歩いています。アクバルは人々を保護するために選ばれた町であったはずなのに」

エリヤと少年は、中央広場へと進んだ。広場に着くと、二人はがれきの上に腰を下ろして休み、まわりの様子を見まわした。破壊はエリヤが思っていたよりも、ずっとひどく、容赦なかった。ほとんどの家の屋根は崩れ落ちていた。どこもかしこも、不潔で、あらゆる場所にうじがわいていた。

「死体をかたづけなくてはいけない」と彼が言った。「さもなければ、疫病が中央の門から入ってきてしまうだろう」

少年は下を向いたままだった。

「顔をあげなさい」とエリヤが言った。「君の母さんを安らかにするために、私たちにはすべき仕事が山ほどある」

しかし、少年は聞こうともしなかった。少年はやっとわかり始めていた。この廃墟《はいきょ》のどこかに、自分の母親の死体も打ち捨てられているのだ。そしてそれは、そこら中に散らばっている死体と同じ状態であるに違いなかった。

エリヤはそれ以上、何も言わなかった。しかし、立ち上ると、死体を肩にかついで、それを広場の中央に運んだ。彼は死者の葬《とむら》い方について、主がどのように言っていたか、憶《おぼ》えていなかった。彼がしなければならないことは、疫病の蔓延《まんえん》を防ぐことであり、そのための唯一の方法は死体を焼くことだった。

エリヤは午前中ずっと働いた。少年は自分のいる場所から動こうともせず、一瞬たりとも目をあげなかった。しかし、彼は母親との約束を守って、アクバルの土の上に一滴の涙さえ、流さなかった。

一人の女が立ち止まって、しばらくエリヤの奮闘ぶりを見ていた。

「人々の争いごとを解決していた人が、今は死体を並べている」と彼女は言った。

「アクバルの男たちはどこにいるのですか?」とエリヤがたずねた。

「逃げましたよ。それもわずかに残ったものを全部持ってね。もう、ここにいても仕方がありませんよ。この町を捨てなかったのは、逃げられなかった者だけです。年よりとやもめ女と、孤児だけです」

「みんな、何世代もここに住んでいたのに。そんな簡単にこの町を捨てられはしないでしょう」

「あらゆるものを失った人に、そう言ってみなさい」

「どうか手伝って下さい」死体を肩にかつぎあげ、それを積みあげながら、エリヤは言った。「死体を焼くのです。疫病神が我々を訪ねて来ないように。肉の焼けるにおいを、疫病神はこわがるのです」

「疫病神が来ればいい」と女が言った。「そして、私たち全員をできるだけ早く、連れて行ってくれますように」

エリヤは働き続けた。女は少年の脇《わき》にすわって、彼の働き振りを見ていた。しばらくたつと、彼女はまた、エリヤに近づいた。

「なぜ、あなたはこの悲惨な町を救いたいのですか？」

「そんなことを考えるために手を止めたら、自分のやりたい仕事をやり遂げられませんね」と彼は答えた。

あの年老いた羊飼いの言っていたことは正しかった。唯一の答は過去を捨て、自分の新しい歴史を作ることなのだ。かつての預言者は、女と共に彼女の家の炎の中で死んだのだ。今、彼は神への信仰を失って、疑い悩む男だった。しかし、天罰に挑んだあとでさえ、まだ生きていた。もし、彼がこの道を続けたければ、自分がやると言ったことをやり遂げなければならなかった。

その女は軽そうな死体を選ぶと、かかとを持って引きずってゆき、エリヤが作った山のところへ運んで行った。

「疫病神がこわいからではありません」と女が言った。「アクバルのためでもありません。アッシリア軍はすぐに戻って来ますから。あそこでうなだれてすわっている少年のために、やるのです。あの子は、まだ先に自分の人生があることを、学ばなければなりませんもの」

「ありがとう」とエリヤが言った。

「私に感謝しないで下さい。この廃墟のどこかで、私の息子の死体が見つかるでしょう。彼はあの少年と同じぐらいの年でした」

女は手を顔にあてて、激しく泣いた。エリヤはそっと彼女の腕をとった。

「あなたや私の受けた苦痛は、決して無くなりはしません。でも、仕事はそれを耐えるために、役に立ちます。苦しみは、疲れた体を傷つける力を持ってはいませんから」

二人は一日中、死体を集めては積み上げるという、背筋の凍るような仕事をしてすごした。死体のほとんどは、アッシリア軍がアクバル軍の兵士だと認めた若者だった。一度ならず、彼は友だちの死体を見つけて泣いた。しかし、仕事の手を止めようとはしなかった。

◆

その日の夕方になると、二人は疲れ切ってしまった。それでもなお、やり終えた仕事はいくらでもなかった。アクバルの他の住民は、誰も手伝おうとはしなかった。

二人は少年の所へ行った。少年が初めて、顔をあげた。

「おなかがすいた」と少年が言った。

「何か探して来ましょう」と女が答えた。「アクバルの方々の家には、沢山食べ物が隠されています。みんな、長期間の籠城《ろうじょう》の準備をしていましたから」

「私とあなたのために食物を持って来て下さい。私たちは額に汗して、この町に貢献したのですから」とエリヤが言った。「でも、この子は食べたければ、自分で何とかすべきです」

女は理解した。彼女も息子に同じようにしただろう。彼女は自分の家のあった所へ行った。高価な物品を狙《ねら》った略奪者によって、ほとんど何もかもが奪い去られていた。そしてアクバルのガラス作りの名人が作った壺《つぼ》がいくつか、床に粉々になっていた。しかし、彼女は隠しておいた干し果物と穀物を見つけ出した。

広場へ戻ると、女はエリヤと食べ物を分け合った。少年は何も言わなかった。

一人の老人が近づいて来た。

「あなた方が一日中、死体を集めているのを見ていました」とその老人が言った。「時間の無駄ですよ。シドンとツロを征服したあと、アッシリア軍がここに戻ってくるのを、知らないのですか？　疫病神を来させて、彼らをやっつけさせようじゃないか」

「私たちがやっているのは、アッシリア軍のためでも、私たちのためでもありません」とエリヤが答えた。「彼女は子供に、まだ未来があるということを教えるために、働いているのです。そして私は、彼にもはや過去はない、ということを示すために、働いているのです」

「つまり、預言者はもう、シドンの偉大な王女にとって、脅威ではないのだな。これは驚いた！　イゼベルはイスラエルを最後まで支配し、アッシリア軍が被征服者に寛大でない場合は、我々にはいつだって、避難できる場所があるというわけだ」

エリヤは答えなかった。かつてはあれほど彼の心に憎しみを目覚めさせた名前が、今は不思議と遠く感じられた。

「アクバルはどの道、再建されるさ」と老人は言った。「神は町が作られる場所を選び、そこを捨てはしないから。しかし、我々はその仕事を次の世代にまかせることができるのだ」

「できますとも。でも、そうはしません」

エリヤは老人に背を向けて、会話を打ち切った。

三人は外で眠った。女は少年を抱き、彼の胃が空腹で鳴っているのに気がついた。彼に食べ物をあげようかと思ったが、彼女はすぐにその考えを捨てた。疲れは本当に苦痛を減じてくれた。そしてひどく苦しんでいるように見えるこの少年は、何かで忙しい思いをする必要があった。多分、飢えが彼を働くように説得することだろう。

◈

次の日、エリヤと女は、仕事を再開した。前の晩に二人に近づいてきた老人が、再びやって来た。

「何もすることがないから、手伝いますよ」と彼は言った。「でも、死体を運ぶ力はありません」

「では、れんがと木の切れはしを集めて下さい。そして、灰を掃いて下さい」

老人は言われたことを、やり始めた。

◆

太陽が真上に来ると、エリヤは疲れ切って地面にすわった。天使がすぐそばに居ることを知っていたが、その声は聞こえなかった。

「何の役に立つというのだ？　彼は私が必要としている時、私を助けることができなかった。私は今、彼に相談したくはない。私が望むことは、私が神に対抗できることを神に示すことだ。この町を整え、そのあと自分のゆきたい所へ行こう」

エルサレムはそれほど遠くはなかった。徒歩で七日の旅だったが、特に通行に困難な所もなかった。しかし、そこでは彼は裏切り者として追われていた。むしろ、ダマスカスへ行くか、ギリシャの都市で書記としての仕事を見つけた方がよいかもしれなかった。

エリヤは何かが自分に触れるのを感じた。振り向くと、少年が小さな水さしを持ってそこにいた。

「一軒の家で、これを見つけたんだ」と少年が言った。

それには、水がみたされていた。エリヤは最後の一滴まで、飲み干した。

「何か食べなさい」と彼は言った。「君は働いたから、褒美をもらう資格がある」

侵略の夜以来初めて、少年のくちびるに笑みが浮んだ。少年は女が干し果物と穀物を置いた所へと走って行った。

エリヤは仕事に戻った。こわれた家に入り、がれきを押しのけて、死体を引っ張り出すと、広場の中央に作った死体の山へと運んだ。羊飼いが巻いてくれた腕の包帯がはずれても、気にもしなかった。尊厳を取り戻す力が自分にはあることを、自分自身に証明する必要があった。

今、広場中に散らばったごみを集めている老人の言うとおりだった。確かに、他人が播《ま》いた果実を収穫するために、敵はすぐに戻ってくるだろう。エリヤは、侵略者のために働いているようなものだ。しかも、それは彼が人生で愛した唯《ただ》一人の女性を殺した者たちなのだ。アッシリア人は迷信を信じているので、いつか、アクバルを再建するだろう。神々は、谷、動物、川、海などと調和するように、計画的に都市を配置すると、昔から信じられていた。神は世界中を巡る長い旅の間、それぞれの都市の中に、自分たちが休むための聖なる場所を選び出した。そして都市が破壊されると、空が地上にくずれ落ちる危険があると言われていた。

伝説によれば、アクバルの創始者が何百年も前、北からやって来て、ここを通りかかったそうだ。彼はその場所で眠ることにして、自分の持物を置いた場所に印をつけるために、木の棒をまっすぐに地面につきさした。次の日、彼はその棒を引き抜くことができなかった。その時、彼は宇宙の意志を理解したのだった。そして、奇跡が起った場所に石の目印を置き、すぐ近くに泉を発見した。次第に、部族がその石と泉のまわりに住みつくようになり、アクバルが生まれたのだった。

知事がかつて、エリヤに次のように説明したことがあった。フェニキアの習慣によれば、町が建設される場所は、天の意志と地の意志をつなぐ第三の点である。天の意志が種子を発芽させ植物へと変える。その植物を育てるのが地の意志である。人間はそれを収穫して町へと運ぶ。町は聖なる山の神に捧《ささ》げる供物が聖別される場所なのだ。あちこちに旅したわけではなかったが、エリヤは多くの国々に、同じような考え方があるのを知っていた。

アッシリア人は、第五の山の神々に食物を与えずに放っておくのを、おそれていた。彼らは宇宙の平衡を乱してはいけないと堅く信じていた。

「なぜ、私はこんなことを考えているのだろうか？　混乱のさ中に私を一人置きざりにした神の意志と私の意志が争っているというのに」

前の日に神に挑戦した時の感覚がよみがえって来た。彼は何か大切な事を忘れているような気がした。しかし、いくら思い出そうとしても、それを思い出すことはできなかった。

◈

また一日がたった。ほとんどの死体を集め終った時、二人目の女が近づいて来た。

「食べるものが、何もありません」とその女が言った。

「私たちも持っていません」とエリヤが答えた。「昨日と今日、私たちは一人分の食物を三人で分けました。食べ物のある場所を見つけて、私たちに知らせて下さい」

「どこで、わかりますか？」

「子供たちにたずねなさい。彼らは何でも知っているから」

エリヤに水を差し出してから、少年は生きる力をいくらか、取り戻したようだった。エリヤは少年に、老人を手伝ってごみやがれきを集めるように命じたが、ずっと彼を働かせることはできなかった。今、少年は広場のすみで、他の子供たちと遊んでいた。

「その方がいいのだ。彼が大人になった時、額に汗する時がやってくるだろう」しかし、エリヤは彼に一晩、空腹ですごさせたことを、後悔していなかった。もし、少年を哀れなみなし子、残虐な侵略者の犠牲者として扱ったならば、彼は二人が町に入った時に陥ったひどい落ち込みから、絶対に抜け出せはしなかっただろう。今、エリヤは、二、三日、少年を一人に放っておいて、この出来事に対する彼自身の答を見つけさせることにした。

「子供たちが、どうして何でも知っているのですか？」食物を要求した女が言った。

「自分で試してみなさい」

エリヤを手伝っていた女と老人は、彼女が通りで遊んでいる少年たちに話しかけるのを見た。彼らは何か答え、女はこっちを向いてほほ笑むと、広場の一方の角をまわって姿を消した。

「子供たちが知っていると、どうしてわかったのですか？」と老人がたずねた。

「私もかつて、少年だったからです。それに、子供たちは過去にとらわれていないと知っているからです」羊飼いとの会話をまた思い出しながら、エリヤは言った。「子供たちは侵略の夜、おそろしい思いをしたけれど、もう、そのことに関心がありません。町は彼らにとって、誰にも何も言われずに行き来できる、巨大な公園になったのです。当然、彼らは、人々がアクバルの包囲を持ちこたえるためにとっておいた食物も、見つけたはずです。

子供は常に、三つのことを大人に教えることができます。理由なしに幸せでいること。何かでいつも忙しいこと。自分の望むことを、全力で要求する方法を知っていることの三つです。私がアクバルに戻ってきたのは、あの少年のおかげなのです」

◆

その日の午後、もっと沢山の老人や女たちが、死体を集める仕事に参加した。子供たちはハゲタカを追い払い、木切れや布切れを拾い集めた。夜になってから、エリヤは死体の山に火をつけた。アクバルの生き残った人々は、無言で、空へ立ちのぼってゆく煙を見つめていた。

仕事が終ると、エリヤはすぐ疲労で倒れた。しかし、眠る前に、その朝感じた感覚が、再び戻って来た。何か大切な事が、必死で彼の記憶の中によみがえろうとしていた。それは、彼がアクバルにいた間に学んだことではなく、今起っている事すべてを説明している昔の物語だった。

◆

その夜、一人の男がヤコブのテントに入って来て、夜明けまで彼とすもうを取った。男は彼に勝てないのを見て、「私を去らせて下さい」と言った。

ヤコブは答えた。「私を祝福しないかぎり、あなたを帰らせません」

すると、その男が彼に言った。「王子として、あなたは神と力を競い、勝ちました。あなたの名前は何ですか?」

「ヤコブです」

すると男は答えた。「あなたの名前はもうヤコブではなく、イスラエルです」

エリヤはびっくりして目を覚まし、空を見上げた。これこそ、忘れていた物語だった。ずっと昔、愛国者ヤコブが野営した夜、何者かが彼のテントに入って来て、夜明けまで彼と取っ組み合った。ヤコブは相手が主だと知っていたが、それでも戦いを受けて立った。朝になっても、彼はまだ、負けなかった。そして戦いは、彼を祝福することに神が同意した時、やっと終ったのだった。

この物語は代々受け継がれ、誰もが知っていた。時には、神と争うことも必要なのだ。人間は誰でも、その人生で悲劇に見舞われることがある。住む町の崩壊、息子の死、誤った告発、病気による体の障害などだ。その時神は、自分の質問に答えるよう、人間に挑戦するのだ。

「なぜ、お前はそんなにも短く、苦しみに満ちた一生にしがみついているのだ？　お前の苦闘の意味は何なのだ？」

この質問にどう答えるかわからない者は諦《あきら》めてしまう。一方、神は公正ではないと感じて、存在の意味を求める者は、自分の運命に挑戦する。天から火が降りてくるのは、その時である。それは、人を殺す火ではなく、古い壁をひき倒して真の可能性をそれぞれの人に知らせる火なのだ。臆病者《おくびょうもの》は絶対に、この火が自分の胸を焼くのを許そうとはしない。彼らが望むのは、変ってしまった状況がすぐにまた、元通りになって、それまでどおりの考え方や生き方で生きていくことだけなのだ。しかし、勇敢な者は、古くなったものに火をつけ、たとえ、どんなにつらくとも、神をも含めてすべてを捨てて、前進し続けるのだ。

「勇敢な者は常に頑固である」

天界では神が満足の笑みを浮べている。なぜならば、神が望んでいるのは、一人ひとりの人間が、自分の人生の責任を自らの手に握ることだからだ。主は自分の子供たちに、最高の贈物を与えているのだ。それは、自らの行動を選択し、決定する能力である。

心に聖なる炎を持つ男や女だけが、神と対決する勇気を持っている。そして彼らだけが、神の愛に戻る道を知っている。なぜならば、悲劇は罰ではなくて挑戦であることを、彼らは理解しているからである。

エリヤは自分の来た道を一歩ずつ、もう一度心の中でたどってみた。指物師の店を去る時、彼は何も疑わずに、自分の使命を受け入れた。それが真実であると感じてはいたが、主の命令に従わないと決めたとしたらどうなるのか、一度も考えたことがなかった。自分の信仰、献身、意志を失うのがこわかったからだった。それに普通の人々の道を体験するのは、とても危険だと思った。その生活に慣れ、そこに喜びを見出すかもしれないからだった。天使の声を聞き、時には神の命令を受け取っているとは言っても、自分が他の誰とも同じ人間であるということを、彼はわかっていなかった。自分が何を欲しているのか自分は知っていると思い込んだ彼は、人生で一度も大切な決意をしたことのない人々と、まったく同じように行動していたのだった。

彼は疑問から逃げた。敗北からも逃げた。決意できない時からも逃げた。しかし、主は限りなく慈悲深かったので、彼を避けられない出来事の淵《ふち》に連れ出し、人は自らの運命を受け入れるのではなく、選択しなければならないということを、彼に教えたのだった。

ずっと昔、これと同じような夜、ヤコブは神に、自分を祝福しなければ立ち去らせはしないと言った。主が「お前の名は？」と問うたのは、その時だった。

重要な点は次のことだった。ヤコブが返事をした時、神は彼をイスラエルと命名した。誰でも生まれた時につけられた名前を持っている。しかし、自分の人生に意味を与えるためには、自分で選んだ名前をつけることを学ばなければいけないのだ。

「私はアクバルです」と彼女は言った。

この町の壊滅と愛する女の死は、自分もまた名前を持たなくてはならないということを学ぶために、エリヤにとって必要なことであった。その夜、彼は自分の人生を「解放」と命名したのだった。

◆

エリヤは立って目の前の広場を見た。命を失った者たちの灰から、煙がまだ立ちのぼっていた。死体に火をつけることによって、彼はこの国の古いしきたりに挑んだのだった。しきたりでは、死者は儀式にのっとって葬られるよう、要求されていた。火葬を行うことによって、彼は神としきたりに挑戦した。しかし、新しい問題に新しい解決法が必要な今、彼は罪悪感を感じなかった。神は限りなく慈悲深かったが、思い切ったことを行う勇気のない者には、無慈悲なほど厳しかった。

彼はもう一度、広場を見まわした。生き残った者たちの中には、まだ眠らずに炎をじっと見つめている者たちがいた。火が彼らの思い出を、過去を、そしてアクバルの三百年の平和と眠りを焼き尽しているように思えた。恐怖と希望の時は終った。今はただ、再建か敗北かしか、残っていなかった。

エリヤと同じように、彼らもまた、自分のために名前を選ぶことができた。和解、知恵、愛、巡礼など、空の星ほどにも、沢山の名前があった。そして、それぞれ、自分の人生に名前をつける必要があった。

エリヤは立ち上り、祈った。

「主よ、私はあなたと戦いました。私は恥じていません。そして、これが自分の望みであるからこそ、私は自分のゆくべき道にいることを発見しました。この道は、私の父や母、国のしきたりに強要されたものでもなければ、主に命じられたものでもありません。

主よ、今、私はあなたのもとに帰ります。私は私の強い意志であなたを讃《たた》えます。他の道をどう選べばいいかわからない臆病者として、讃美するのではありません。しかし、あなたが私に重要な使命を託するためには、あなたが私を祝福するまで、あなたに対して戦い続けなければならないのです」

アクバルの再建。エリヤが神に対する挑戦だと思っていたものは、実は、神との再会だった。

食物を求めた女が、次の朝、再び現れた。彼女は数人の女を連れて来た。

「倉庫をいくつか、見つけました」と彼女が言った。「沢山の人が死に、沢山の人が知事と一緒に逃げたので、たっぷり一年分の食料がありました」

「食料の配給を監督するための老人を見つけて下さい」とエリヤが言った。「老人は人々を組織する仕事の経験があるから」

「老人たちは、生きる意志を失っています」

「とにかく、来るように頼みなさい」

女が行こうとすると、エリヤは彼女を引き止めた。

「あなたは文字の書き方を知っていますか?」

「いいえ」

「私は知っています。あなたに教えましょう。私を手伝ってこの町を運営するために、あなたにはその技術が必要になるでしょう」

「でも、アッシリア軍が戻って来ます」

「でも、彼らもこの町を運営するために、私たちの助けが必要です」

「なぜ、敵のためにしなければいけないのですか?」

「一人ひとりが、自分の人生に名前をつけるためです。敵は、私たちの力を試すためのきっかけにすぎません」

◆

エリヤが予想したように、老人たちはやって来た。

「アクバルはあなた方の助けを必要としています」と彼は老人たちに言った。「そのために、あなた方には老人でいるぜいたくは許されません。私たちは、あなた方が一度失ってしまった若さをもう一度、必要としているのです」

「どこにそれを見つければよいのやら」と一人が答えた。「若さはしわと絶望の間に消えてしまったのに」

「それはうそです。あなたは夢を持ったことがないのです。そしてそれが、あなたの若さが隠れてしまった原因です。今こそ、若さをもう一度、発見する時です。なぜなら、私たちには、アクバルの再建という、共通の夢があるからです」

「不可能なことを、どうすればできるのだ?」

「情熱で」

悲しみと失意でくもった人々の目が、再び輝きを取り戻しかけていた。彼らはもはや、あとで話の種にするために、毎日裁判に出席する役立たずの市民ではなかった。今や、大切な使命を持っていた。彼らは必要とされていた。

彼らのうちで力のある者たちは、破壊された家から使える物を取り出して、まだ残っている家の修理にそれを利用した。もっと年とった者たちは、火葬された者たちの灰を畑にまく手伝いをした。それは、町の死者たちが来年の収穫に、人々の胸の思い出となるためだった。他の人々は、町のあちこちに貯えられていた穀物の分類やパン作り、井戸の水汲《みずく》みなどの仕事についた。

二晩ののち、エリヤは全住民を広場に集めた。すでに広場はほとんど片づけられ、たいまつの火で照らされていた。エリヤが話し始めた。

「私たちには選択の余地はない」と彼は言った。「この仕事を異邦人にまかせることも可能だ。しかし、それでは、この悲劇が私たちに与えた唯一の機会を逃《のが》すことになる。私たちの人生を再建するという、すばらしい機会だ。

数日前に私たちが焼いた死者の灰は、春に生まれて来る植物となる。侵略の夜に死んだ息子は、多くの子供となって、廃墟《はいきょ》となった通りを自由にかけまわり、今まで知らなかった場所や家々に入りこんでは楽しむだろう。今までのところ、子供たちだけが、この出来事を克服することができた。彼らは過去を持たないからだ。彼らにとって、大切なものは今、この瞬間だけだからだ。だから、私たちも子供たちのように、振る舞ってみようではないか」

「失った悲しみを心から捨て去ることはできるのでしょうか？」と一人の女がたずねた。

「できない。しかし、勝ち取ったものの中に喜びを見つけ出すことはできる」

エリヤは振り向くと、第五の山の雲におおわれた頂上を指さした。城壁が崩れ落ちたせいで、広場の中央からもそれは見えるようになっていた。

「あなた方は第五の山の頂《いただき》には神が住んでいると信じている。しかし、私は唯一の神を信じている。私の神の方が力があるとも強いとも、私は言いたくない。私はお互いの違いではなく、共通性について話したいのだ。悲劇は私たちを一つの思いで結びつけた。それは絶望だ。でも絶望はどうしてやってこなければならなかったのだろうか？　それは、私たちがすべては自分の思うとおりになり、自分で決められると思いこんでいたからだ。そのため変化というものが受け入れられなくなっていた。

あなた方も私も商業のさかんな国に生まれ、そこで育った。しかし、また、戦士としていかに行動すべきかも知っている」とさらに彼は続けた。「そして、戦士は、戦う価値のあるものは何か、常に知っている。自分が関心を持たない事のために戦いに行きはしない。そして、怒りに時間を費やすこともない。

戦士は敗北を受け入れる。彼は敗北に無関心を装うこともなければ、それを勝利に変えようとじたばたすることもしない。敗北の苦痛は彼にとってつらいものだ。彼は無関心に苦しみ、淋《さび》しさで絶望的になる。それがすべて過ぎ去ったあと、彼は傷口をなめて、すべてを新しくやり始めるのだ。戦争が多くの戦いから成っていることを、戦士は知っている。彼は戦い続けるのだ。

悲劇は起る。その理由を発見し、他人を恨み、それがなければ、自分の生活がいかに違ったかを想像することもできる。しかし、そんなことはみな大切ではない。悲劇は起る。だから、そのまま受け入れるのだ。そこから先は、自分の中の恐怖を脇《わき》に置いて、建て直し始めなければならないのだ。

あなた方一人ひとり、今から、自分自身に新しい名前をつけよう。あなたが戦い取ろうと夢みているすべてをこめた一つの言葉を、あなたの新しい名前としよう。私は、『解放』という言葉を、私の名前として選んだ」

しばらくの間、広場は静かになった。その時、エリヤを最初に手伝い始めた女が立ち上った。

「私の名前は『再会』です」と彼女が言った。

「私の名前は『知恵』だ」と一人の老人が言った。

エリヤが愛していた女の息子が叫んだ。

「僕の名前は『アルファベット』だ」

広場にいた人々がどっと笑った。少年はどぎまぎして、すわってしまった。

「自分のことを『アルファベット』と呼ぶなんておかしいよ！」と別の少年が叫んだ。

エリヤは割って入ることもできたが、少年が自分を弁護することを学ぶ良い機会だった。

「なぜなら、字を書くのが母さんの仕事だったからだ」と少年が言った。「字を見るたびに、僕は母さんを思い出すんだ」

今度は誰も笑わなかった。一人ずつ、孤児が、やもめ女が、老人が、自分の名前と新しい自分について発表した。この儀式が終った時、エリヤは全員に、早く寝につくように頼んだ。次の朝、みんな、それぞれの仕事を始めなければならないからだった。

彼は少年の手をとると、広場にテントがわりに二、三枚の布が広げられている場所へ、二人で歩いて行った。
その夜から、彼は少年にビブロス文字の書き方を教え始めた。

何日かが過ぎ、そして何週間かがたち、アクバルの表情は変っていった。少年はあっという間に文字の書き方を覚え、すでに意味のある言葉を作り始めた。エリヤは彼に、町の再建の歴史を粘土板に書く仕事を割り当てた。

粘土板は間に合わせの炉で焼かれて陶器となり、老夫婦の手でていねいに保管された。毎日、夕方に開かれる集会で、エリヤは老人たちに、彼らの子供時代に見たことを話してもらい、できる限り沢山の物語を書き記すようにした。

「私たちはアクバルの記録を、火に燃えないものに書き記して残すのだ」と彼は説明した。「いつか、私たちの子供たちやそのまた子供たちが、私たちが敗北に打ち負かされなかったこと、そして、避けられなかったことが克服されたことを知るだろう。それは彼らのために、前例として役立つだろう」

毎晩、少年に教えたあと、エリヤはさびれた町の中を歩いて、エルサレムへの道が始まる所まで行った。そして、ここを出ようかと考えては、また、戻って来るのだった。

仕事の忙しさは、彼に今の瞬間に集中することを要求した。彼は、アクバルの人々が町の再建のために、自分を頼っているのを知っていた。彼はすでに一度、町の人々に失望したことがあった。敵の将軍の死を防ぐことができず、戦争を避けられなくなった時のことだった。しかし、神は必ず、神の子たちに二度目の機会《チャンス》を与える。人はこの新しいチャンスを、生かさなければならないのだ。さらに、彼はますます少年が好きになっていた。そして、少年にビブロス文字だけでなく、主への信仰と、祖先の知恵も教えたいと思った。

それでもなお、エリヤは、自分の故国を異国の王妃と異国の神が治めていることを、忘れはしなかった。炎の剣を持った天使はもう現れなかった。ここをいつ離れようが、何をしようが、完全に彼の自由だった。

毎晩、彼は出発することを考えた。そして毎晩、両手を天に向けて祈った。

「ヤコブは一晩中闘い、夜明けに祝福を受けました。私はあなたと何日も、何ヵ月も戦っていますが、あなたは私に耳を貸そうとしません。しかし、あなたのまわりを見れば、私が勝利を収めているのがわかるでしょう。アクバルは廃墟から立ち上りつつあります。そして、私は、あなたがアッシリアの剣を使って灰とほこりに帰したものを、再建しているのです。

私はあなたが私と私の仕事の結果を祝福するまで、あなたと戦います。いつか、あなたは私に応《こた》えなければなりません」

◆

女たちと子供たちは、いつ終るともしれない干ばつのために、水を畑へ運んだ。ある日、強い太陽がギラギラと照りつけている時に、エリヤは誰かがこう言うのを聞いた。

「我々は休みなしに働いている。そしてもう、あの夜の苦しみを思い出すこともない。アッシリア軍がツロとシドンとビブロスなど、フェニキア全土を荒らしたあとすぐ、ここに戻ってくるということも、忘れてしまった。これは我々にとってむしろ良いことかもしれない。しかし、町の再建に余りにも一生懸命すぎて、何が起っているのか考える暇もない。自分たちの努力の結果が見えなくなっている」

エリヤは耳にしたこの言葉についてしばらく考えてみた。そして、毎日、仕事の終りに、第五の山のふもとに集まって、全員で日没を見ることにすると、命令を下した。

ほとんどの人は言葉を交す元気もないほどに疲れていた。しかし彼らは空に浮ぶ雲のように思いをあてもなくさ迷わせることが、とても大切であることを発見した。このようにすると、不安がそれぞれの心から消え去り、次の日のための力と着想を見つけ出せるのだった。

ある日、エリヤは目を覚ますと、今日は仕事を休むと言った。

「私の国では、今日は贖罪《しょくざい》の日なのだ」

「あなたの魂には、何の罪もありません」と一人の女が彼に言った。「あなたはできる限り最善のことをしているのですもの」

「しかし、しきたりは維持しなければならない。私はしきたりを守るつもりだ」

女たちは畑へ水を運びに行った。老人たちは壁をたて、木で戸や窓を作る仕事をしに戻って来た。子供たちは、あとで火で焼かれる小さい粘土板を作る手伝いをした。エリヤは大きな喜びを心に感じながら、彼らを見ていた。そのあと、アクバルを出て、谷間へと歩いて行った。

彼はあてもなく歩きまわり、子供の頃に習った祈りの言葉を唱えた。太陽はまだ完全には昇り切っていなかった。そして彼のいる場所から、第五の山が谷間の一部に、大きな黒々とした影を落しているのが見えた。彼はおそろしい予感を感じた。イスラエルの神とフェニキアの神々との争いは、これから何世代も、何千年も続いてゆくにちがいない。

◆

エリヤは、山の頂上に登り、天使と話した夜のことを思い出した。しかし、アクバルの壊滅以来、一度も、天使の声を聞いたことはなかった。

「主よ、今日は贖罪の日です。私のあなたに対する罪は数多くあります」エルサレムの方角に向って、彼は言った。「私は自分の強さを忘れていたがために、弱者でした。断固としているべき時に、同情的でした。間違った決定をするのがこわくて、選択しませんでした。その時が来る前に降伏し、感謝すべき時に、神を冒瀆《ぼうとく》しました。

それでも主よ、あなたの私に対する罪も沢山あると思います。あなたは、私が愛した者をこの世から奪い去ることによって、私を不当に苦しめました。私を受け入れてくれた町を破壊し、私の神に対する思いを混乱させ、あなたの厳しさは、あなたへの私の愛をほとんど忘れさせました。その間ずっと、私はあなたと戦ってきたのに、あなたは私の戦いの価値を認めようとはしません。

もし、私の罪とあなたの罪を比べれば、あなたは私に借りがあることがわかるでしょう。しかし、今日は贖罪の日です。どうぞ私を許して下さい。私はあなたを許します。そうすれば、私たちは並んで歩いてゆけるでしょう」

その時一陣の風が吹いて、彼は天使の声を聞いた。

「エリヤよ。お前はよくやった。神はお前の戦いを受け入れた」

涙が彼の目から流れ出た。彼はひざまずくと、谷間の乾いた土に口づけをした。

「来て下さってありがとう。私はまだ一つ、疑いを持っています。神と戦うのは、罪なのではありませんか？」

天使が言った。

「戦士が自分の師と戦ったら、戦士は師を怒らせるだろうか?」

「いいえ、それは彼が学ばねばならない技術を教えるための、唯一の方法です」

「それでは、主がお前をイスラエルに呼び戻すまで戦い続けなさい」と天使は言った。「立って、お前の戦いに意味があることを、証明し続けるのだ。お前は不可避な出来事の流れをどのように渡ればよいか、知っている。多くの者が流れを渡ろうとして失敗する。他の者は、自分の定めではない場所へと、流されてしまう。しかし、お前は毅然《きぜん》として、川を渡ろうとした。お前は上手に船の航路を導き、苦痛を行動へと変えた」

「あなたが目が見えないとは、何と残念なことでしょうか」とエリヤが言った。「そうでなければ、孤児ややもめ女や老人たちが、どのように町を建て直しているか、見えたでしょうに。間もなく、すべては元通りになるでしょう」

「元通りではない」と天使が言った。「人生を変えるために、彼らは高い代償を払ったのだ。彼らの人生は変る」

エリヤはにっこりした。天使は正しかった。

「二度目のチャンスを与えられた者たちのようにふるまいなさい。同じ間違いを二度と犯してはならぬ。お前の人生の目的を決して忘れないように」

「忘れはしません」と彼は答えた。天使が戻ってきて、彼は幸せだった。

キャラバンがこの谷間を通ってやって来ることは、もうなかった。アッシリア軍が道路を破壊し、交易路を変えてしまったからだった。毎日、子供たちは城壁に設けられている破壊を逃れた唯一の見張台に登った。彼らの役目は、地平線を見張って、敵軍が戻ってきたら町に知らせることだった。エリヤは威厳をもって敵軍を迎え入れ、支配権を引き渡すつもりだった。

そうなれば、彼は出発できるのだ。

しかし、日がたつにつれ、アクバルは彼の生活の一部になった。もしかしたら、彼の使命はイゼベルを王座から追い出すことではなく、ここでこの人々と一生をすごし、アッシリアの征服者に仕える者としての役割を果すことかもしれなかった。交易路を再開し、敵の言語を覚え、休みの時には図書館を管理するのだ。その図書館は今、日々、充実しつつあった。

一度はこの町の最後かと思われたあの夜の出来事が、今ではこの町をさらに美しくする可能性を生みだしたものとなった。再建の仕事は、道路を広げ、より丈夫な屋根を作り、最も遠い場所まで井戸から水を引く仕組みなどを、作りあげた。そして、エリヤの魂もまた、よみがえった。毎日、彼は何かしら新しいことを、老人、子供、女たちから学んだ。ただ逃げる術《すべ》がなかったがためにアクバルを捨てなかったこの人々は、今や有能で規律正しい集団となっていた。

「この人々がこのように役立つということを知事が知っていれば、彼は別の形の防衛隊を作り、アクバルは破壊されずにすんだだろう」

エリヤは一瞬、そう思ったが、すぐに自分の考えは間違っていることに気がついた。人々の中に眠っていた能力を目覚めさせるために、アクバルは滅ぼされる必要があったのだった。

何カ月もすぎたが、アッシリア軍が現れるきざしは見えなかった。すでにアクバルはほとんど完成し、エリヤは将来のことを考える余裕ができた。女たちは布切れをつぎ合わせて、新しい衣服を作った。老人たちは住居を再建し、町の汚水処理の管理を受け持った。子供たちは頼まれると手伝ったが、普段は一日中、遊んですごした。それが子供たちの一番大切な仕事だった。

エリヤは少年と共に、かつて商品倉庫だった場所に再建された小さな石の家に住んでいた。毎晩、アクバルの住民は中央広場のたき火のまわりに集まり、昔、聞いた物語を少年のかたわらで語った。少年はすべての物語を粘土板に記し、それは翌日、むし焼きにされた。こうして、図書館は人々の目の前で、大きくなっていった。

息子を亡くした女もまた、ビブロスを学んでいた。彼女がビブロス文字で言葉や文章を書けるようになったのを見て、エリヤは彼女を、アルファベットを他の住民に教える役に任命した。こうすれば、アッシリア軍が戻ってきた時、彼らは通訳や教師として、使ってもらえるだろう。

「これはまさに、祭司長が防ごうとしていたことだ」ある日の午後、一人の老人が言った。海と同じぐらい大きな魂を持ちたいと言って、「大洋」と自分を名づけた老人だった。「祭司長はビブロス文字が残って、第五の山の神々を脅かすのをおそれていた」

「不可避なことを防げる人がいるだろうか？」とエリヤは答えた。

アクバルの人々は昼間は働き、一緒に日没をながめ、夜は物語を語り合った。

エリヤは自分の仕事を誇りに思った。そして日毎《ひごと》に、ますます情熱をこめてことに当たった。

見張り役の子供の一人が、かけ降りて来た。

「地平線に砂ぼこりが見えました！」と彼は興奮して言った。「敵が戻って来ます！」

エリヤは見張台に登り、その知らせが正しいことを確認した。そして、次の日には、彼らはアクバルの門に着くだろうと思った。

その日の午後、彼は住民に、日没を見にゆくかわりに、広場に集まるようにと伝えた。その日の仕事が終ると、彼は集まった人々の前に立った。彼らはおびえていた。

「今日は、過去の物語も、アクバルの未来についても語るのはよそう」とエリヤは言った。

「私たち自身について話そう」

誰も一言も言わなかった。

「しばらく前、満月が空を照らしていたその夜、市民すべてが予期していたものの、受け入れたくなかった事態が起った。アクバルが滅ぼされたのだ。アッシリア軍が去った時、我々の中で一番すぐれた男たちは消えていた。逃げ去った人々は、ここに残っても仕方ないと思い、出て行ったのだ。老人、やもめ女、孤児だけが残された。つまり、役立たずだとされた人々だ。

まわりを見てみなさい。広場は以前よりも美しくなり、建物はより堅固になった。食物はみんなに分配され、全員がビブロスで発明された文字を学んでいる。この町のある場所には、私たちの物語を記した粘土板の図書館ができた。そして、次の時代に生まれくる世代は、我々がやりとげた事を忘れはしないだろう。

老人も、やもめ女も、孤児も、生まれ変ったのだ。我々はこれを知っている。我々は生まれ変り、情熱に燃えた、年齢を越えた若者の一団として誕生したのだ。我々は一人ひとり、自分の人生に新しい名前と意味を与えた。

町を再建している間、私たちは一刻たりともアッシリア軍が戻って来ることを忘れはしなかった。いつの日か、私たちの町だけでなく、私たちの努力と汗、以前より美しい町を見る喜びも、彼らに手渡さなければならないと知っている」

たき火の光が、人々のほおを流れる涙を照らし出した。集会の間、いつもは遊びまわっている子供たちでさえ、彼の言葉にじっと聞きいっていた。エリヤは続けた。

「そんなことはどうでもいいことだ。大切なことは、私たちは主に対する私たちの義務を成しとげたということだ。私たちは主の挑戦を受けてたち、闘いの栄誉を受け入れたのだ。あの夜が来る前、主は私たちに『立つ』よう、強くうながした。しかし、私たちはその言葉を聞こうともしなかった。どうしてなのか？

それは、私たちがそれぞれの未来をすでに決めていたからだ。私はただ、イゼベルを王座から追い出すことしか考えていなかった。今、『再会』と呼ばれている女性は、息子が船乗りになることだけを望んでいた。今日、『知恵』という名をもつ男は、広場でぶどう酒を飲みながら、安楽に余生をすごすことだけしか考えていなかった。私たちは人生の聖なる神秘に慣れ切って、それを大切にしていなかった。

そこで、主はこう考えた。『彼らは行動しようとしないのか？　では、ずっと怠けさせておくことにしよう』

そして、時が来てやっと、私たちは主のメッセージを理解したのだ。アッシリア軍の鉄の刃《やいば》が若者を皆殺しにし、大人たちは卑怯《ひきょう》にも逃げ去った。

彼らは今どこにいようとも、いまだまどろんでいる。つまり、彼らは神の呪《のろ》いを受け入れたのだ。

しかし、我々は神と戦った。愛し合う男女が一生の間、戦い続けるように。戦うことこそ、祝福なのだ。我々を成長させるからだ。我々は悲劇の中にチャンスを摑《つか》み取り、神の与えた試練を乗りこえた。『立て！』という神の命に従うことができることを証明したのだ。最悪の事態の中でさえ、我々は一歩一歩、進んできた。

神が従順を要求する時もある。しかし、神が私たちの意志を試す時もある。神の愛を本当に理解できるかどうか挑戦させるのだ。アクバルの壁が地面に崩れ落ちた時、我々は神の挑戦を理解した。それは我々の視野を広げ、一人ひとりに自分の持つ能力に気づかせてくれた。我々は人生について夢見ることをやめ、人生を生きることを選択したのだ。

その結果は上出来だった」

エリヤは人々の目が再び輝いているのを見た。彼らは理解したのだった。

「明日、私はアクバルを戦わずに明け渡す。私はもう、自分の好きな時に自由に出発できる。主が私に期待したことをやり終えたからだ。しかし、私の血と汗、私の愛した唯一の女は、この町の土にある。そして、私はここに一生とどまって、再びこの町が滅ぼされることがないようにするつもりだ。自分が望むように、どんなことを決心してもよいのだから。しかし、一つだけ忘れないで欲しい。あなた方はみんな、自分で思っているよりも、ずっとすばらしいということを。

悲劇があなた方にくれたチャンスを、うまく使いなさい。すべての人がそうできるわけではないのだから」

エリヤは立ち上り、閉会にした。彼は少年に、帰りは遅くなるから、自分の帰りを待たずに先に寝るようにと言った。

◆

エリヤは神殿に行った。そこは、破壊を逃れて再建の必要がなかった唯一の場所だった。しかし、神々の像はアッシリア軍によって、運び去られていた。尊敬の念と共に、伝統に従って、彼は祖先が地面に棒をつきさし、その後抜き取ることができなかった場所を示す石に触れた。

そして、彼《か》の国にも、このような場所がイゼベルの手で建てられ、一部の同胞がバアルとその神々の前にぬかずいていることを思った。またしても、彼の心の中に予感が走った。イスラエルの主とフェニキアの神々の戦いは、彼の想像を超えるほど長い間、続くだろう。心の中に、星が太陽を横切り、両方の国に死と破壊の雨を降らせる情景が浮んだ。知らない言葉を話す男たちが、鉄の動物に乗って、雲の中で果し合いをしていた。「これはお前が今見るべきものではない。その時はまだ、来ていないのだ」と言う天使の声が聞こえた。「窓の外を見なさい」

エリヤは命じられたとおりにした。外では、満月がアクバルの通りと家々を照らしていた。そして、遅い時刻であるにもかかわらず、町の住民の話し声や笑い声が聞こえた。彼は一つの姿を見た。それは、彼が愛した女だった。彼女は町の中を誇らし気に歩いていた。

彼女が彼のほおに手を触れたのを感じて、エリヤはほほ笑んだ。

「私は誇りに思っています」と彼女が言ったように思えた。「アクバルは本当に、今も美しいままです」

彼は泣きたくなった。でも、母親のために一滴の涙もこぼさなかった少年を思い出した。彼はすすり泣きをやめ、二人が一緒にすごした時の美しい思い出を、町の入口での出会いから、彼女が『愛』という字を粘土板に書いた瞬間まで、あらためて思い返した。そして、彼女の衣服、髪、彫刻のような鼻が目に見えるように感じた。

「あなたは私に、自分はアクバルだ、と言いました。そう、私はあなたを世話し、あなたの傷を癒《いや》し、そして今、あなたをよみがえらせています。あなたが新しい仲間の中で、幸せでありますように。

そして、一つ、あなたに言いたいことがあります。私もまた、アクバルでした。そして、それを知らなかったのです」

女がにっこりしたのがわかった。

「砂漠は砂の上の私たちの足あとを、もうずっと前に、拭《ぬぐ》い去りました。でも、生きている限りずっと、私はすべてを覚えています。そして、あなたは今も、私の夢と現実の中を歩いています。私の道と出会ってくれて、本当にありがとう」

その夜、彼女が髪を愛撫《あいぶ》するのを感じながら、エリヤは神殿の中で眠った。

商人たちの頭《かしら》は、道の真ん中にいるぼろをまとった一団の人々に気がついた。盗賊に違いないと思った彼は、仲間に武器を構えるように命じた。

「お前たちは何者だ？」と彼はたずねた。

「我々はアクバルの市民です」と輝く目をしたあごにひげのある男が答えた。キャラバンの頭は彼が外国なまりで話すのに気がついた。

「アクバルは滅ぼされたはずだ。我々はシドンとツロの政府から、キャラバンが再び谷を横断できるようにするため、井戸を探すよう、命じられてきたのだ。他の世界とのつながりが永久に絶たれるわけにはゆかないから」

「アクバルはまだ、存在しています」とその男は答えた。「アッシリア軍はどこにいますか？」

「彼らがどうなったかは、世界中が知っている」とキャラバンの頭は笑った。「彼らはその死体で土壌を肥やし、これから先もずっと、野の動物や鳥たちを養っていくだろう」

「でも、彼らは強大な軍隊でしたが」

「彼らがどこを襲うかわかってしまえば、強力な軍隊などはない。アクバルから彼らが進軍しつつあるという知らせが届いて、シドンとツロは谷間の出口で彼らを待ち伏せした。戦いで生き残った者は全員、船乗りの手で奴隷として売られたよ」

ぼろをまとった人々は大喜びして、互いに抱き合い、同時に泣き、笑った。

「あなた方は何者なのだ？」と商人が再びたずねた。「それに、お前は誰だ？」と彼らのリーダーを指さして、彼はまたたずねた。

「私たちはアクバルの若き戦士たちです」

三回目の収穫が始まった。今や、エリヤはアクバルの知事だった。最初は強硬な反対があった。前の知事が、町に戻ってきたりどおりに自分の地位につこうとしたからだった。しかし、町の住民は彼を認めず、何日も、井戸の中に毒を入れるとおどした。フェニキアの権力者たちはついに、住民の要求をいれた。結局は、アクバルで重要なものは、旅行者に供給する水だけだった。そして、イスラエルの政府はシドンの王女の手の中にあった。知事の地位をイスラエル人に譲ることによって、フェニキアの支配者たちは、強力な商業同盟を形成し始めることができたのだった。

この知らせは、再び動き始めた商人のキャラバンによって、全域に広まっていった。イスラエルの少数の人々は、エリヤは最悪の裏切り者であり、適当な時期をみて、イゼベルはこの抵抗を取り除いて、地域に平和を取り戻すだろうと思っていた。かつての自分の最悪の敵がついに最も強力な同盟者となったことに、王女はすっかり満足していた。

◆

新たにアッシリア軍が侵略してくるという噂《うわさ》がささやかれ始め、アクバルの城壁が建てなおされた。新しい防衛組織が結成され、ツロとアクバルの間に歩哨《ほしょう》と前哨基地が設けられた。このようにすれば、たとえ、町の一つが包囲されても、海路で食料補給を確保している間に、他の町が陸路で部隊を送ることができた。

アクバルは、人々の目の前で栄えていった。イスラエル人の新しい知事は、税金や商品を書類によって管理する確実な制度を作った。アクバルの老人たちがそのすべてに参画し、新しい監視方法を使って、辛抱強く、問題を解決した。

女たちは、作物の世話をし、織物を織った。孤立していた間、彼女たちは残っていたほんの少しの布を生かすために、ししゅうの模様を新しく工夫せざるを得なかった。町に初めて商人がやって来た時、彼らはその模様に魅了され、いくつか注文を出した。

子供たちもまた、ビブロス文字を習っていた。いつか、これが彼らの役に立つことを、エリヤは確信していた。

彼は収穫前のいつもの慣習《ならわし》で、その日の午後、畑の中を散歩し、この何年かの間、数え切れないほどの祝福を授けてくれた主に、感謝を捧《ささ》げていた。人々のかごは穀物で満たされ、そのまわりで子供たちが遊んでいた。彼は人々に手を振り、彼らは挨拶《あいさつ》を返した。

ほほ笑みながら、エリヤは岩の方へ歩いて行った。そこはずっと以前、『愛』と書かれた粘土板を彼がもらった場所だった。毎日、日没を見にその場所を訪ね、二人で一緒にすごした一瞬一瞬を思い出すのが、彼の習慣だった。

「多くの日を経て、三年目に主の言葉がエリヤに臨んだ。『行って、お前の身をアハブに示せ。わたしは雨を地に降らせる』」（列王紀上十八章）

すわっている岩の上で、エリヤは自分のまわりの世界が震えるのを見た。空は一瞬、真っ暗になったが、太陽がすぐにまた、輝き出した。


彼は光を見た。主の天使が彼の前にいた。

「何が起ったのですか?」びっくりしてエリヤがたずねた。「主はイスラエルを許したのですか?」

「いや」と天使が答えた。「主はお前が故国の人々を解放するために、国へ戻るよう望んでいる。お前と主との戦いは終った。そして今、主はお前を祝福した。主はお前に、この地上で、主の仕事を続ける許しを与えた」

エリヤはびっくりした。

「でも今、私の心はやっと、平和を見つけたばかりです」

「かつて、お前に教えた学びを思い出しなさい」と天使が言った。「そして、主がモーゼに言った言葉を思い出すのだ。

『あなたの神、主があなたを導かれたそのすべての道を覚えなければならない。

それはあなたを苦しめて、あなたを試し、あなたの心のうちを知るためであった。

あなたは食べて飽《あ》き、麗《うるわ》しい家を建てて住み、また牛や羊がふえた時、あなたの心はたかぶり、あなたは神、主を忘れるであろう』（申命記八章）」

エリヤは天使を見た。

「アクバルはどうなるのですか？」と彼はたずねた。

「アクバルはお前がいなくても生きてゆける。お前が後継者を残したからだ。アクバルは末長く、生き残るであろう」

そう言うと主の天使は消えた。

エリヤと少年は、第五の山のふもとに着いた。祭壇の石の間には、草がのびていた。祭司長が死んでから、誰もここに来る者はいなかった。

「山へ登ろう」とエリヤが言った。

「それは禁じられています」

「そう、禁じられている。しかし、それは危険だということを意味してはいない」

彼は両手で少年の手をとると、二人で頂上に向って登り始めた。彼らは時々、下の谷間を見るために立ち止まった。干ばつが国中のいたる所に爪跡《つめあと》を残し、すべてがエジプトの砂漠と同じように見えた。しかし、アクバルのまわりの畑は例外だった。

「友だちがアッシリア軍が戻って来ると言う話を聞きました」と少年が言った。

「それはあり得ることだ。しかし、私たちがやってきたことには、十分価値がある。それは神が私たちに教えるために選んだ道だったのだ」

「神が僕たちのことを気にしているかどうか、僕にはわかりません」と少年が言った。「主にはあんなに厳しくしなくてもよかったのに」

「私たちが主の言葉を聞いていないということがわかるまで、主は他の手段も試したに違いない。私たちは自分の生活に慣れすぎて、主の言葉を読まなくなったのだ」

「その言葉はどこに書かれているのですか？」

「私たちのまわりの世界にだ。君の人生に起ることに注意さえしていれば、君は毎日いつでも、主がその言葉と意志を隠した場所を、発見できるだろう。主が言うとおりに行うようにしなさい。それだけが、君がこの世に存在する理由なのだ」

「もし、それを発見したら、僕は粘土板に書いておこう」

「そうしなさい。しかし、それ以上に、君の心の中に書いておきなさい。心の中にあれば、焼かれることも、破壊されることもないのだ。そして、どこへ行こうと、一緒に持ってゆくことができる」

二人はまたしばらく歩いた。雲がだんだん、近くなってきた。

「あそこには行きたくありません」雲を指さして少年が言った。

「雲は君に何もしない。あれはただの雲なのだ。私と一緒においで」

彼は両手で少年の手をとり、二人は登って行った。少しずつ、二人は霧の中へ入って行った。少年は彼にしがみついた。エリヤは時々、少年に話しかけたが、少年は一言も言わなかった。彼らは頂上の露出した岩の間を歩いた。

「帰りましょう」と少年が哀願した。

エリヤはもう、何も言わないことにした。少年はすでにその短い生涯で、大きな苦しみと恐怖を体験していた。彼は少年の頼みを聞き入れた。二人は霧の中から出て、再び下の谷を見おろす場所に来た。

「いつか、私が君のために書いたものを見に、アクバルの図書館に行きなさい。その書物は、『光の戦士の手引』というものだ」

「僕は光の戦士なの？」と少年がたずねた。

「私の名前が何か、知っているね？」とエリヤがたずねた。

「『解放』でしょう」

「私の隣にすわりなさい」岩を指さしてエリヤが言った。「私は自分の名前を忘れることはできない。今の私の唯一の望みは君のそばに居ることであっても、私は自分の仕事を続けなければならない。アクバルが再建されたのは、どんなに難しく見えようとも、私たちは前に進む必要があるということを、私たちに教えるためだったのだ」

「あなたは行くのですね」

「どうしてわかった？」びっくりして、彼はたずねた。

「昨日の晩、僕はそう、粘土板に書きました。何かが僕に、そう教えたのです。僕の母かもしれない。天使かもしれません。でも、僕はもう、心の中で感じていました」

エリヤは少年の頭をなでた。

「君は神の意志を読むことを学んだのだ」と彼は満足して言った。「だから、私が君に説明しなければならないことは、何もない」

「僕が読んだのは、あなたの目の中の悲しみでした。それは難しくありませんでした。僕の友だちも、気がついていました」

「君が私の目の中に読んだ悲しみは、私の物語の一部だ。それも、ほんの二、三日しか続かない小さな一部にすぎない。明日、私がエルサレムへ向けて出発する時、その悲しみは前ほど強くはなく、そして少しずつ、消えてゆくだろう。私たちが自分が望んでいる物へ向って歩く時、悲しみは永久には続きはしない」

「どうしても行かなければならないのですか?」

「人生の一つの段階が終った時を知ることは、いつでも必要なのだ。必要がなくなったのに、それにいつまでもしがみついていると、君は人生の喜びと人生の意味を失うだろう。そして、神によって正気づかされることになるのだ」

「主は厳しいんですね」

「神が選んだ者に対してだけはね」

◆

エリヤはアクバルを見おろした。そう、神は非常に厳しいこともある。しかし、その人の能力を超えるほどには厳しくはないのだ。二人がすわっているまさにその場所で、彼は主の天使から、どのように少年を死からよみがえらせるかを教えられたのだった。そのことを少年は知らなかった。

「私がいなくても大丈夫だね?」と彼がたずねた。

「僕たちが前に進めば、悲しみは消えるとあなたはさっき言いました。アクバルを僕の母に適《ふさわ》しいほどに美しく保つためには、まだすべきことが沢山あります。母さんは、町の通りを歩いているのです」

「私が必要な時は、ここに戻って来なさい。そして、エルサレムの方を見るのだ。私はそこにいる。そして、『解放』という私の名に意味を与えようとしているだろう。私たちの心は永久に結ばれているのだ」

「それで、僕を第五の山の頂上へ連れてきたのですか？　僕がイスラエルを見るために？」

「谷と町と山と岩と雲を君が見るためだ。主はしばしば、預言者を山へ登らせて、彼と会話させるのだ。私はいつも、なぜ主がそうするのか疑問に思っていた。しかし、今はその答を知っている。高い所にいると、私たちにはすべてのものが小さく見えるからだ。

私たちのつまらぬ見栄や悲しみは、その重要性を失ってしまう。私たちが征服したものも失ったものもすべて、下に残っている。山の高みから見れば、世界がいかに大きいか、地平線がいかに広いか、わかるのだ」

少年は自分のまわりを見まわした。第五の山の頂上から、彼はツロの浜辺の海のにおいを感じた。そして、エジプトから吹いてくる砂漠の風の音を聞いた。

「いつの日か、僕はアクバルを治めるでしょう」と少年はエリヤに言った。「僕は町全体も、町の小さな路地までも、すべての場所を知っています。何を変えなければならないかも、知っています」

「では、それを変えなさい。物を遊ばせておいてはいけない」

「こうしたことを、神は僕たちにもっと良い方法で教えることはできなかったのでしょうか？神は悪い奴だと思った時もありました」

エリヤは何も言わなかった。彼はずっと前に、イゼベルの兵士の手による死を待つ間、レビ人の預言者と交した会話を思い出した。

「神は悪い奴なの？」と少年がまた言った。

「神は全能だ」とエリヤが答えた。「神は何でもできる。神に禁じられているものはない。もし、そうであれば、彼に何かを行わせないために、神よりももっと力のある何物かが、存在するはずだからね。そうしたら、私はそのもっと力のある何物かを崇拝し、尊ぶだろう」

少年がこの言葉を理解するまで、彼はしばらく黙っていた。それから、さらに続けた。

「それでも、その無限の力ゆえに、神はただ善きことだけを行うのだ。私たちは自分の物語の終りに達した時、神はしばしば悪の仮面を被ってはいたが、それは善きことであり続け、彼が人類のために創造した計画の一部であったことが、わかるのだ」

エリヤは少年の手をとると、黙って一緒に山をおりていった。

◆

その夜、少年は彼の腕の中で眠った。夜が明け始めるとすぐ、エリヤは少年を起さないように、そっと自分の腕の中から彼を離した。

彼は素早く一つしかない服を着ると、出発した。道で棒切れを拾い、それを杖《つえ》にした。これからはずっと、それを持っていようと、彼は心に決めた。それは神との闘いと、アクバルの破滅と再建の記念となるだろう。
後ろを振り向きもせずに、エリヤはイスラエルへ向って歩き続けた。

◆

五年後、アッシリア軍はよりすぐれた軍隊と有能な将軍たちを用いて、再びこの国を侵略した。ツロと、その住民がアクバルと呼んでいる町、ザレパテを除いて、フェニキア全土が外国の征服者の支配下に落ちた。

少年は成人し、この町を治めて、同時代の人々から賢人であるとされた。彼は愛する者たちに囲まれて、天寿をまっとうした。そして常に、「この町を美しく、強力に保つことが必要だ。母がまだ、この町の通りを散歩しているのだから」と言い続けていた。相互防衛組織によってツロとザレパテは、紀元前七〇一年にアッシリア王、セナケリブによって占領されるまで、この本に書かれた出来事のあと、約百六十年間も独立を保ったのだった。

その時以降、フェニキアの町がその重要性を回復することはなかった。そして、新バビロニア人、ペルシャ人、マケドニア人、セルシド人、最後はローマ人によって、次々と侵略された。それでもなお、彼らは今の時代にも存在し続けている。なぜなら、いにしえの伝統によれば、主は、人々を住まわせる場所を、決して意味もなく選びはしなかったからだ。ツロ、シドン、ビブロスは、いまだにレバノンの一部であり、今日でさえ、戦場になっている。

◆

エリヤはイスラエルに戻り、預言者たちをカルメル山に呼び集めた。そこで、彼らに二つのグループに分かれるように言った。バアルの神を信奉するグループと、主を信ずるグループである。天使の指示によって、彼は初めのグループに雄牛を与え、彼らの神にそれを受け取るように天に向って呼びかけるように言った。聖書には次のように書かれている。

「昼になって、エリヤは彼らをあざけって言った。『彼は神なのだから、大声をあげて呼びなさい。彼は話をしているか、よそへ行ったか、旅に出ているのか、または眠っていて、起さなければならないかだろう』」

そこで彼らは大声で呼ばわり、彼らの慣習《ならわし》に従って、刀と槍《やり》で身を傷つけ、血をその身に流すに至った。

しかしなんの声もなく、答える者もなく、また顧《かえり》みる者もなかった。

そのあと、エリヤは彼《か》の動物を天使の指示に従って捧《ささ》げた。そのとき、天の火が下っていけにえとたき木と石を焼き尽した。数分たつと、大雨が降ってきて、四年間にわたった干ばつは終った。

その時から、内乱が起った。エリヤは主を裏切った預言者の処刑を命じ、イゼベルは彼を殺すために、四方八方、探しまわった。しかし、彼はイスラエルに面した第五の山の東側に逃げた。

シリア軍がイスラエルに侵入し、シドンの王女の夫であるアハブ王を殺した。誤って放たれた矢が、彼のよろいのすき間からささったのだった。イゼベルは自分の宮殿に逃げ込んだが、いくつかの人民蜂起《ほうき》や、政府の入れかわりがあったあと、捕えられた。しかし、彼女は囚《とら》われの身になるよりも、窓から飛び下りる方を選んだのだった。

エリヤは生涯の最後まで、山の中に住んだ。聖書によれば、ある日の午後、彼が自分の後継者と指名したエリシャと話をしていた時、火の戦車と火の馬が現れて、二人を離れ離れにした。そしてエリヤは、つむじ風に乗って、天へとのぼって行ったのだった。

それから約八百年後、イエスはペテロとヤコブとヨハネを連れて、山に登った。マタイ伝には次のように書かれている。「イエスは彼らの目の前で姿が変り、その顔は日のように輝き、その衣は光のように白くなった。すると見よ、モーゼとエリヤが彼らの前に現れて、イエスと語り合った」

イエスは、人の子が死の中からよみがえるまでは、いま見たことを誰にも話してはならないと言った。しかし彼らは、それはエリヤが戻って来た時にしか起らないだろうと答えた。

マタイ伝十七章十節から十三節に、それ以後のことが語られている。

「弟子たちはイエスにたずねた。『なぜ、律法学者たちは、エリヤが先に来るはずだ』と言っているのですか？

イエスは彼らに答えて言われた。『確かにエリヤが来て、万事を元どおりに改めるであろう。しかし、あなた方に言っておく。エリヤはすでに来たのだ。しかし、人々は彼を認めず、自分勝手にあしらった』」

その時弟子たちは、イエスがバプテスマのヨハネのことを言われたのだと悟った。

無原罪のマリアよ
あなたに呼びかける私たちのために
祈って下さい。 アーメン

訳者あとがき

本書、『第五の山』は一九九六年に、ブラジルの作家パウロ・コエーリョがポルトガル語で書いた作品です。ポルトガル語版とスペイン語版はすぐに発売され、ブラジルや他の南米諸国やスペインで好評を博しているそうです。英語版をはじめ、フランス語、イタリア語などの版は、一九九八年三月に一斉に発売になっています。

日本語版はクリフォード・ランダースがポルトガル語から翻訳した英語版をテキストとして訳しました。それもあって、各国一斉発売から二カ月ほど遅れて、出版の運びとなりました。『第五の山』は、作者パウロ・コエーリョの第七作目の作品ですが、日本に紹介された作品としては、第四作目にあたります。コエーリョは敬虔《けいけん》なカソリック信者であり、また、カソリックに属する神秘主義教団の一つであるRAM教団にも属しています。それもあって、彼の今までの作品の多くは、キリスト教の色彩と神秘主義的な香りを合わせもつものになっています。この『第五の山』はその中でも、特にキリスト教的色彩の濃い作品と言えるかもしれません。

題材は旧約聖書の列王紀上に出てくる預言者エリヤです。この小説はエリヤが故国イスラエルを追われ、隣国レバノンの小都市ザレパテで亡命生活を送っていた間の出来事としてえがかれています。この部分について、聖書では二、三の出来事が記されているだけですが、コエーリョはその三年間に、預言者エリヤがどのように生き、何を学び取っていったかを作家の想像力をふくらませて書いています。作品のテーマそのものは、エリヤの物語に名を借りた再建の物語であり、人々の意志の物語であり、人生に起る不可避なこと、つまり、私たちに何かを学ばせるために起る避けられない出来事の物語であり、神と人との関係の物語であり、何よりも、人が自らの運命と使命を知り、それを成就する物語であると思います。その意味では、キリスト教の色彩が濃いとは言え、テーマそのものは人間一般の、私たち一人ひとりの心にひびく重い問題を扱っているといえるでしょう。作者のコエーリョも、「聖書とか、キリスト教にとらわれず、再建の物語として読んでいただきたい」とメッセージを寄せています。特に、一九九五年一月十七日の阪神大震災の思い出もまだ生々しい私たちにとって、特に震災後の復興に力を尽した方々にとっては、エリヤのこの物語は自分自身の物語だと感じられるのではないでしょうか。それればかりでなく、わずか五十年前には、日本全体がまさに焼け野原でした。そこから全員が額に汗して立ち直り、世界有数の経済大国になったと思ったら、今また、私たちはまさに一つの大きな転換期に直面しています。心の荒廃が嘆かれる今日この頃ですが、心の荒廃から立ち直り、魂の王国を作り出すという心の再建が、今の私たちに課せられているのです。誰か一人の決意がすべてを変えてゆく。自分のなすべきことをやっていれば、それはいつか、大きなうねりとなって、世界を変えてゆく。この物語は今、自分のすべきことに自信を失っているようにみえる私たちに、こうした励ましを与えてくれるように思えます。

さて、ここで、作者パウロ・コエーリョについて、簡単に紹介したいと思います。彼は一九四七年八月、ブラジルのリオ・デ・ジャネイロで生まれました。若い頃は世界各地を放浪し、その後、ブラジルでポピュラーソングの作詞家として名を馳《は》せましたが、反政府運動の嫌疑をかけられて投獄されるという、苦い経験もしています。その後、本書の前書き、作者のことばにあるように、レコード会社の重役にもなりましたが、それにも挫折《ざせつ》し、再び放浪の旅に出たあと、数年たってスペイン巡礼の体験を描いた『星の巡礼』(一九八七年)で作家としてデビューしました。一九八八年に出版した第二作『アルケミスト』は故国ブラジルはもちろんのこと、フランス、イタリア、スペイン等で大ヒットして、一躍パウロは人気作家となりました。『アルケミスト』は今まで、世界三十四カ国語、七十四カ国で出版されており、一千万部の売り上げに達しているとのことです。日本では一九九四年にハードカバー、一九九六年に文庫版が出されています。その後、彼は二年に一冊の割合で新作を発表しています。これまでに二回、来日しており、その親しみやすく深みのある人柄は、会う人誰をも魅了してやみませんでした。心の豊かさが求められている今、彼の作品はどれも、私たちの心を、そして魂をうるおし、癒《いや》してくれると信じています。この本の出版にあたって、角川書店の郡司聡さん、私たちの質問に快く答えて下さった英語版の訳者、クリフォード・ランダースさんに、深く感謝したいと思います。

一九九八年四月

山川紘矢
山川亜希子

パウロ・コエーリョ／Paulo Coelho
1947年ブラジル、リオ・デ・ジャネイロ生まれ。世界中を旅した後に音楽とジャーナリズムの世界へ入る。1987年、初の著書『星の巡礼』を発表し、88年に発表した『アルケミスト』が世界的ベストセラーになる。現在は世界中を旅しながら作品を発表しつづけている。

山川紘矢／やまかわこうや
1941年静岡県生まれ。東京大学法学部を卒業後、大蔵省に入省。1987年に退官し、亜希子夫人とともにスピリチュアルな本を日本に翻訳紹介している。

山川亜希子／やまかわあきこ
1943年東京都生まれ。東京大学経済学部卒業。大蔵省勤務の夫とともに外国生活を経験し、マッキンゼー・アンド・カンパニーなどの勤務を経て、翻訳に携わる。自著に『天使の瞑想』（角川ミニ文庫）がある。

http://www2.gol.com/users/angel/

本書は一九九八年四月、小社より刊行された
単行本を文庫化したものです。

第《だい》五《ご》の山《やま》

パウロ・コエーリョ
山《やま》川《かわ》紘《こう》矢《や》＋山《やま》川《かわ》亜《あ》希《き》子《こ》＝訳

平成13年 6月25日　初版発行
令和2年 12月10日　9版発行

発行者●青柳昌行

発行●株式会社KADOKAWA
〒102-8177　東京都千代田区富士見2-13-3
電話　0570-002-301（ナビダイヤル）

角川文庫 12022

印刷所●株式会社KADOKAWA
製本所●株式会社KADOKAWA

表紙画●和田三造

●お問い合わせ
https://www.kadokawa.co.jp/（「お問い合わせ」へお進みください）
※内容によっては、お答えできない場合があります。
※サポートは日本国内のみとさせていただきます。
※Japanese text only

ISBN 978-4-04-275004-8　C0197

◆◆◇

角川文庫発刊に際して

角　川　源　義

第二次世界大戦の敗北は、軍事力の敗北であった以上に、私たちの若い文化力の敗退であった。私たちの文化が戦争に対して如何に無力であり、単なるあだ花に過ぎなかったかを、私たちは身を以て体験し痛感した。西洋近代文化の摂取にとって、明治以後八十年の歳月は決して短かすぎたとは言えない。にもかかわらず、近代文化の伝統を確立し、自由な批判と柔軟な良識に富む文化層として自らを形成することに私たちは失敗して来た。そしてこれは、各層への文化の普及滲透を任務とする出版人の責任でもあった。

一九四五年以来、私たちは再び振出しに戻り、第一歩から踏み出すことを余儀なくされた。これは大きな不幸ではあるが、反面、これまでの混沌・未熟・歪曲の中にあった我が国の文化に秩序と確たる基礎を齎らすためには絶好の機会でもある。角川書店は、このような祖国の文化的危機にあたり、微力をも顧みず再建の礎石たるべき抱負と決意とをもって出発したが、ここに創立以来の念願を果すべく角川文庫を発刊する。これまで刊行されたあらゆる全集叢書文庫類の長所と短所とを検討し、古今東西の不朽の典籍を、良心的編集のもとに、廉価に、そして書架にふさわしい美本として、多くのひとびとに提供しようとする。しかし私たちは徒らに百科全書的な知識のジレッタントを作ることを目的とせず、あくまで祖国の文化に秩序と再建への道を示し、この文庫を角川書店の栄ある事業として、今後永久に継続発展せしめ、学芸と教養との殿堂として大成せんことを期したい。多くの読書子の愛情ある忠言と支持とによって、この希望と抱負とを完遂せしめられんことを願う。

一九四九年五月三日

角川文庫海外作品

アルケミスト
夢を旅した少年

パウロ・コエーリョ
山川紘矢・山川亜希子＝訳

羊飼いの少年サンチャゴは、アンダルシアの平原からエジプトのピラミッドへ旅に出た。錬金術師の導きと様々な出会いの中で少年は人生の知恵を学んでゆく。世界中でベストセラーになった夢と勇気の物語。

星の巡礼

パウロ・コエーリョ
山川紘矢・山川亜希子＝訳

神秘の扉を目の前に最後の試験に失敗したパウロ。彼が奇跡の剣を手にする唯一の手段は「星の道」という巡礼路を旅することだった。自らの体験をもとに描かれた、スピリチュアリティに満ちたデビュー作。

ピエドラ川のほとりで私は泣いた

パウロ・コエーリョ
山川紘矢・山川亜希子＝訳

ピラールのもとに、ある日幼なじみの男性から手紙が届く。久々に再会した彼から愛を告白され戸惑うピラール。しかし修道士でヒーラーでもある彼と旅するうちに、彼女は真実の愛を発見する。

ベロニカは死ぬことにした

パウロ・コエーリョ
江口研一＝訳

ある日、ベロニカは自殺を決意し、睡眠薬を大量に飲んだ。だが目覚めるとそこは精神病院の中。後遺症で残りわずかとなった人生を狂人たちと過ごすことになった彼女に奇跡が訪れる。

悪魔とプリン嬢

パウロ・コエーリョ
旦　敬介＝訳

「条件さえ整えば、地球上のすべての人間はよろこんで悪をなす」悪霊に取り憑かれた旅人が、山間の田舎町を訪れた。この恐るべき考えを試すために――。

角川文庫海外作品

11分間

パウロ・コエーリョ
旦　敬介＝訳

セックスなんて11分間の問題だ。脱いだり着たり意味のない会話を除いた〝正味〟は11分間。世界はたった11分間しかかからない、そんな何かを中心にまわっている――。

ザーヒル

パウロ・コエーリョ
旦　敬介＝訳

満ち足りた生活を捨てて突然姿を消した妻。彼女は誘拐されたのか、単に結婚生活に飽きたのか。答えを求め、欧州から中央アジアの砂漠へ、作家の魂の彷徨がはじまった。コエーリョの半自伝的小説。

ポルトベーロの魔女

パウロ・コエーリョ
武田千香＝訳

悪女なのか犠牲者なのか。詐欺師なのか伝道師なのか。実在の女性なのか空想の存在なのか――。謎めいた女性アテナの驚くべき半生をスピリチュアルに描く傑作小説。

ブリーダ

パウロ・コエーリョ
木下眞穂＝訳

アイルランドの女子大生ブリーダの、英知を求めるスピリチュアルな旅。恐怖を乗り越えることを教える男と、魔女になるための秘儀を伝授する女がブリーダを導く。愛と情熱とスピリチュアルな気づきに満ちた物語。

星の王子さま

サン＝テグジュペリ
管　啓次郎＝訳

砂漠のまっただ中に不時着した飛行士の前に現れた不思議な金髪の少年。少年の話から、彼の存在の神秘が次第に明らかに……生きる意味を問いかける永遠の名作、斬新な新訳で登場。